De la 3e à la 2nde

Passeport

N°1 des cahiers de vacances

Toutes les matières

Français
Cécile MENEU

Maths
Christophe DOUAY

Anglais
Louise OATEN

Histoire-Géographie
Christophe SAÏSSE

SVT
Fabienne OTTEVAERE

Physique-Chimie
Sébastien DESSAINT

hachette
ÉDUCATION

Bienvenue dans ton Passeport
Toutes les matières de la 3e à la 2nde !

Afin de rendre tes révisions de vacances aussi efficaces qu'agréables, nous avons conçu pour toi un programme de révision complet de ton année, en **dix séquences** où alternent des pages de révision dans les différentes matières. Tu trouveras **la description d'une séquence type en page 4 et le menu de chaque séquence** en te reportant aux pages indiquées ici :

Mais si tu désires revoir des **thèmes particuliers du programme,** sans suivre l'ordre des séquences, tu auras besoin du sommaire ci-dessous, classé par matières.

Sommaire des notions révisées

Coche les cases au fur et à mesure de tes révisions

Avec tous les corrigés détaillés, dans le livret DÉTACHABLE

FRANÇAIS

MATHS

ANGLAIS

HISTOIRE

GÉOGRAPHIE

SVT

PHYSIQUE-CHIMIE

COUVERTURE
Conception graphique : Mélissa Chalot
Réalisation : Sylvie Fécamp
Photographie couverture : © DEEPOL by plainpicture

INTÉRIEUR
Conception graphique : Oxygène multimédia
Réalisation PAO : Médiamax et Grafatom

Illustrations : Édith Chambon (français), Anne-Gaëlle Poirier (maths), Christophe Delvallé (histoire-géographie, physique-chimie, SVT), Stéphanie Lezziero (anglais), Giovanni Jouzeau (pp. 18-19, 28-29) et Anne-Gaëlle Poirier (pp. 32, 42, 62, 74, 75, 87, 110)

Édition : S.M./Nina Métais pour la présente édition

www.parascolaire.hachette-education.com

ISBN 978-2-01-714847-0

Mode d'emploi

Avec tous les corrigés détaillés, dans le livret **DÉTACHABLE**

Chaque séquence de ton Passeport comprend :

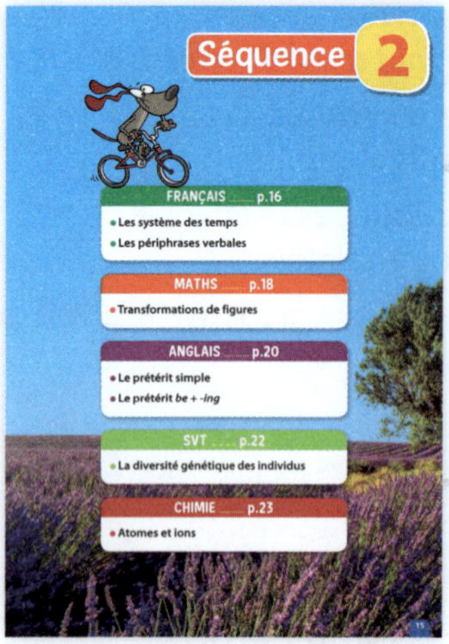

UNE PAGE D'OUVERTURE

qui présente :

- **un sommaire** de la séquence ;
- **les notions révisées** dans la séquence.

LES PAGES DE RÉVISION

avec, **pour chaque matière** :

- **un rappel de cours structuré**, illustré par de nombreux exemples ;
- **des exercices progressifs**, pour bien s'entraîner.

UN BILAN

proposant **10 QCM** pour vérifier que tu as bien retenu **l'essentiel** de la séquence.

Crédits photographiques :
Pages d'ouverture de séquences : pp. 5, 55 : dessin © Shutterstock/Ron Leishman, photo : © Shutterstock/Pakhnyushchy ; **pp. 15, 65 :** dessin © Shutterstock/Ron Leishman, photo © Shutterstock/Anton Gvozdikov ; **pp. 25, 77 :** dessin © Shutterstock/Ron Leishman, photo © Shutterstock/Kuznetcov_Konstantin ; **pp. 35, 89 :** dessin © Shutterstock/Ron Leishman, photo © Shutterstock/Pichugin Dmitry ; **pp. 45, 101 :** dessin © Shutterstock/Ron Leishman, photo © Shutterstock/Leon T.
Bandeaux en haut de page (sauf mention spécifique) : © Stock.xchng ; **pp. 8-9 :** © Tigger11th/Shutterstock ; **pp. 10-11 :** AKG/Album/Color/Force ; © Shutterstock ; **p. 12 :** © Shutterstock ; **pp. 18-19 :** © Menzl Guenter/Shutterstock ; **pp. 23, 32 :** © Shutterstock ; **pp. 28-29 :** © jaboo2foto/Shutterstock ; **pp. 38-39, 40-41 :** © Museum Te Papa ; **pp. 42, 86 :** © Stock.xchng/BSK ; **p. 43 :** © Stock.xchng/Stefan Wogrin ; **pp. 48-49, 58-59, 68-69, 70-71, 80-81, 92-95, 104-105 :** © Stock XNCH ; **pp. 50-51 :** © Stock.xchng/Sven Golz ; **p. 52 :** © Stock.xchng/kromekz ; **p. 62 :** © Shutterstock/Vector ; **pp. 72-73 :** © Stock.xchng/Rachel Wiygul ; **p. 75 :** © Shutterstock/astudio ; **pp. 82-83 :** ©Stock XNCH - LotusHead, www.pixelpusher.co.za ; **pp. 84-85 :** © Shutterstock/D. L. Presti ; **p. 87 :** © Shutterstock/L.Kramer ; **pp. 96-97 :** © Shutterstock/Ivanov ; **p. 98 :** Buste de la République, sculpture de Pierre Poisson © Photothèque Hachette Livre ; **p. 99 :** © Stock Xpert ; **pp. 106-107 :** © Damaratskaya Alena/Shutterstock ; **p. 110 :** © Shutterstock/HelloRF Zcool.
Leçons : p. 10 : Jennifer Lawrence, © AKG/Album/Color Force ; JL avec oscar, © Shutterstock/Ga Fullner. **p. 11 :** fans, © Shutterstock/C. Halloran. **p. 12 :** © SipaPress ; **p. 13 :** Photographie aérienne de la commune de Chassieu, DR ; **p. 16 :** photo de Kelly Slater, © Jeff Flindt/NewSport/ Corbis ; **p. 20 :** photo extraite du film, © 20th Century Fox/Collection Christophe L ; **p. 22 :** DR ; **p. 27 :** ballon, © Stock.xchng ; **p. 30 :** accrobranche, © Sylvain Sonnet/Hemis/Corbis ; chute libre, plongée, © Stock.xchng ; **p. 40 :** vue du lac Pukaki en Nouvelle-Zélande, fond papier, © Stock.xchng ; **p. 46 :** Elijah Wood dans le film de Peter Jackson, © SUNRGIA/Collection Christophe L ; **p. 75 :** © Moirenc/Hemis ; **p. 84 :** photo de Kate et William, © Handout/Getty Images ; **p. 87 :** haut © pablofdezr/Shutterstock ; bas © Egyptian Studio/Shutterstock ; **p. 96 :** portrait de J. K. Rowling, © Corbis/Marco Secchi ; **p. 102 :** escargot, © WWF/Fred Kraus ; **p. 106 :** © Click and Photo/Shutterstock ; **pp. 106-107, 112 :** © Scratch. Scratch est développé par le groupe Lifelong Kindergarten auprès du MIT Media Lab. Voir http.//scratch.mit.edu ; **p. 108 :** Adele, © CBS Photo Archive/Getty Image ; © Shutterstock. **p. 110 :** © Shutterstock/acro_phuket.

Séquence 1

Le

> Je ne sais com. je pour. vous di.
> Comb. mon cœur est tout remp. de vous.
> Je tremb., j'hési. et je bafou.
> Je m'en rends comp. : je suis ridi.
>
> Com. vous le di. ? Je bred., je n'o.
> Vous parl. de mon grand am. ; et pour.,
> Vous m'écou. et je vous vois sour.
> Car vous me comp. à demi-mot.
>
> **Jacques Charpentreau**,
> *Vous prendrez bien un vers !*,
> EVO, Pierre Zech, 1988.

Lecture et compréhension

1 Entoure l'information en gras qui est exacte.

Il s'agit d'une déclaration d'amour présentée sous forme de **texto avec abréviations** / **poème en vers**. L'énonciateur parle de lui à la **1re personne du singulier** / **2e personne du pluriel**. Il n'a jamais pu dire à sa destinataire ce qu'il ressent parce qu'il est **complexé** / **poli**. Son malaise se traduit dans l'énoncé par **de longues phrases** / **des demi-mots** qui mettent en relief, de manière **tragique** / **humoristique**, sa difficulté à s'exprimer.

Vocabulaire

2 Associe à chaque qualificatif son antonyme.

timide •	• insouciant
renfrogné •	• calme
préoccupé •	• enjoué
tourmenté •	• déterminé
hésitant •	• expansif

3 Barre l'intrus dans chaque liste de verbes.

a. bafouiller – babiller – balbutier – bégayer – bredouiller – ~~marmotter~~

b. hésiter – douter – biaiser – différer – ~~décréter~~ – louvoyer – tergiverser

Orthographe

4 Complète le poème.

Je ne sais com**ment**... je pour**rais**... vous di**re**..
Comb**ien**..... mon cœur est tout remp**li**... de vous.
Je tremb**le**..., j'hési**te**... et je bafou**ille**..
Je m'en rends comp**te**... : je suis ridi**cule**.......

Com**ment** vous le di**re**..... ? Je bred**ouille**.., je n'o......
Vous parl**ez**. de mon grand am**our**.. ; et pour**riez**.,
Vous m'écou**tez**... et je vous vois sour**iller**
Car vous me comp**renez**.... à demi-mot.

Timide

5 Complète les phrases avec *demi* en l'écrivant comme il convient.

Il est déjà tard. Au bout d'une heure et ...demie..., l'amoureux n'a écrit qu'une ...demi...-page. Il a mangé deux barquettes et ...demie... de frites et bu plusieurs ...demis... La bière lui monte à la tête. Il est malheureux et finit par s'endormir, dans la ...demi...-obscurité.

6 Entoure la forme de *tout* ou de *même* qui convient.

La jeune fille est **toute / tout** émue. C'est la **toute / tout** première fois qu'elle reçoit une lettre d'amour. À **tous / tout** moments, les **même / mêmes** pensées lui reviennent en tête : « **Tout / Tous** est trop beau ; ces serments **même / mêmes** sont sûrement faux ! » **Tout / Toute** éplorée et **tout / toute** troublée, elle ne sait **même / mêmes** plus quoi penser…

Grammaire

7 Dans chaque phrase, entoure en rouge les indices grammaticaux qui signalent l'énonciateur et son interlocuteur, et entoure en bleu ceux qui donnent des indications sur le moment et le lieu de l'énonciation.

a. Ma chérie, je pense à vous jour et nuit.

b. Le jeune homme écrivit une lettre d'amour à la jeune fille qu'il aimait en secret depuis un an.

c. J'ai bien reçu votre charmante lettre.

d. Elle lui fixa un rendez-vous pour le jour suivant, dans un jardin public.

e. Rendez-vous ici même demain matin.

f. Elle reçut la lettre le soir même.

Quelles sont les trois phrases qui ne contiennent pas d'indices d'énonciation ?

....

RAPPEL DE COURS

L'accord de *demi, même, tout*

• Devant un nom, l'**adjectif *demi*** est invariable et s'y rattache avec un trait d'union. Placé derrière le nom, il s'accorde seulement en genre avec celui-ci. *Demi* peut aussi être un **nom *(un demi)*** ou un **adverbe *(à demi)***.

Ex. une **demi**-journée, trois pages et **demie**

• Placé devant un nom, ***même*** est un **déterminant** et a le sens de « pareil ». Il est un **pronom** (*le même*, etc.) quand il remplace un nom. Il est un **adverbe** (invariable) quand il modifie le sens d'un verbe ou d'un adjectif et quand il est placé après une énumération ou devant un nom précédé de son déterminant.

Ex. Les amoureux, **même** (adverbe) timides, ont les **mêmes** (déterminant) idées.

• ***Tout*** est un **déterminant** (variable) quand il se rapporte à un nom (ou un pronom). Il peut aussi être un **pronom** ou un **nom**. Devant un adjectif ou un adverbe, *tout* est un **adverbe** (invariable) et a le sens de « tout à fait ». On l'accorde cependant avec les adjectifs féminins commençant par une consonne ou un *h* aspiré (pour faciliter la prononciation).

Ex. **Tous** (déterminant) les garçons sont **tout** (adverbe) émus. **Toutes** (pronom) sont ravies.

L'énonciation

• De manière générale, on désigne par le mot **« énoncé »** ce que l'on dit ou écrit. Il y a **« énonciation »** quand on utilise des mots pour communiquer, à l'écrit ou à l'oral.

• Pour définir la **situation d'énonciation** et comprendre qui s'adresse à qui, où, quand et avec quel objectif, on cherche dans l'énoncé la présence ou l'absence des **indices de l'énonciation** : pronoms personnels, temps verbaux, indicateurs de temps et de lieu.

Jeu, set

RAPPEL DE COURS

Écritures fractionnaires

Additionner ou soustraire deux écritures fractionnaires :
– on les écrit avec le même dénominateur,
– on additionne ou on soustrait les numérateurs et on garde le dénominateur,
– on simplifie le résultat obtenu.

Ex. $\frac{7}{6}-\frac{11}{10}=\frac{7\times5}{6\times5}-\frac{11\times3}{10\times3}=\frac{35}{30}-\frac{33}{30}=\frac{2}{30}=\frac{2:2}{30:2}=\frac{1}{15}$.

Multiplier deux écritures fractionnaires :
– on multiplie les numérateurs ensemble et les dénominateurs ensemble,
– on simplifie le résultat obtenu.

Ex. $\frac{6}{5}\times\frac{2}{9}=\frac{6\times2}{5\times9}=\frac{12}{45}=\frac{12:3}{45:3}=\frac{4}{15}$.

Diviser deux écritures fractionnaires :
– on multiplie la première par l'inverse de la seconde,
– on simplifie le résultat obtenu.

Ex. $\frac{3}{4}:\frac{5}{8}=\frac{3}{4}\times\frac{8}{5}=\frac{24}{20}=\frac{24:4}{20:4}=\frac{6}{5}$.

Puissances

Puissances ayant pour exposant un entier positif :
a étant un nombre relatif différent de 0.
n étant un entier positif supérieur à 1.
$a^n = a\times a\times\ldots\times a$ (*n* facteurs) ; $a^1 = a$; $a^0 = 1$.

Puissances ayant pour exposant un entier négatif :
a étant un nombre relatif différent de 0.
a^{-n} est l'inverse de a^n, c'est-à-dire $a^{-n}=\frac{1}{a^n}$.

Opérations avec les puissances :
a étant un nombre relatif différent de 0.
m et *n* étant deux entiers relatifs.
$a^m\times a^n = a^{m+n}$; $\frac{a^m}{a^n}=a^{m-n}$; $(a^m)^n = a^{m\times n}$.

Notation scientifique d'un nombre décimal positif :
C'est son écriture sous la forme $a\times10^n$ où :
a est un nombre décimal tel que $1 \leqslant a < 10$;
n est un entier relatif.

Ex. La notation scientifique de 1 234 000 000 = $1{,}234\times10^9$.

C'est la classe !

1 Le classement des joueurs de tennis français se divise en quatre séries suivant leur niveau, la première série regroupant, bien sûr, les meilleurs joueurs nationaux. Voici la répartition de ces joueurs dans un tournoi :

1re série	2e série	3e série	4e série
	$\frac{1}{12}$	$\frac{1}{4}$	$\frac{5}{8}$

a **Calcule la proportion manquante.**

....

b **Calcule le nombre de joueurs inscrits à ce tournoi sachant que 16 d'entre eux sont classés en 1re série.**

....

2 En 2nde A, il y a 28 élèves dont $\frac{2}{7}$ d'externes et en 2nde B, il y a 35 élèves dont $\frac{5}{7}$ d'externes.
Si on réunit les deux classes, calcule la proportion d'externes de ce nouveau groupe.

Attention ! Il n'y pas que des externes dans les deux classes.

....

et match !

3 Dans un collège, 95 % des élèves de Troisième passent en Seconde et 80 % d'entre eux vont en Seconde générale et technologique.

$95\,\% = \frac{95}{100}$ et $80\,\% = \frac{80}{100}$

Quel pourcentage des élèves de Troisième va en Seconde générale et technologique ?

100÷95 ≈ 1,05
1,05 x 80 ≈ 84 %
84 % des élèves vont en seconde generale et technologique

Décrypter les codes...

4 L'octet est une unité de mesure indiquant la quantité de données d'un support informatique. Il existe aussi le kilooctet (ko) contenant 1 000 octets, le mégaoctet (Mo) contenant 1 000 ko, le gigaoctet (Go) contenant 1 000 Mo, le téraoctet (To) contenant 1 000 Go et, enfin, le pétaoctet (Po) contenant 1 000 To.

À l'aide des informations précédentes, exprime 1 Po en octets en utilisant une puissance de 10.

1000 x 10^3

5 Le sang contient des globules rouges, des globules blancs et des plaquettes.
Sur les résultats de la dernière prise de sang d'un joueur de tennis, on peut lire : 275 000 plaquettes par mm³ de sang.

Calcule le nombre de plaquettes contenues dans le sang de ce sportif sachant que son corps contient 5 L de sang. Donne ton résultat en notation scientifique.

1 L = 1 dm³

5 L = 500 000 000 mm³
500 000 000 x 275 000
= 137 500 000 000 000
= 1,375 x 10^{14}

L'EXO RIGOLO

6 Pour les quatre questions suivantes, tu donneras les résultats sous la forme d'une puissance de 2.

a **Quel est le double de 2^{222} ?**

b **Quel est la moitié de 2^{222} ?**

c **Quel est le quart de 2^{222} ?**

d **Quel est le carré de 2^{222} ?**

4^{444}

L'EXO COSTAUD

7 On a $A = \left(2 - \frac{1}{3}\right) : \left(\frac{1}{2}\right)^2$ et $B = \frac{4 \times 10^{16} \times 5 \times (10^{-7})^3}{3 \times 10^{-5}}$.

Prouve que $A = B$.

Headstrong

The filmmaking industry has been very active over the past few decades[1], adapting teenage books into movies. Just take your pick[2]: *Harry Potter, Twilight, The Hunger Games, Divergent, The Maze Runner* and so on…

Thanks to the international success of these books and of these films, actresses such as Kristen Stewart (Bella in *Twilight*), Jennifer Lawrence (Katniss in *The Hunger Games*), Shailene Woodley (Tris in *Divergent*) and so on… have seen their careers take off[3]!

The main characters of these fictions are often considered to be headstrong young people. They are also independent, brave, combative, curious and smart. These qualities help them fight for important values in life such as love, friendship, never giving up and thanks to this, in the end they succeed! They often live in worlds or societies that are worse off than our own. These teen fictions often reveal injustice and oppression.

What are the authors' purposes? What did you learn from your own favourite teenage books, movies and characters? What is your opinion?

1. **decade :** *décennie.*
2. **Take your pick! :** *Faites votre choix !*
3. **take off :** *décoller.*

Comprendre

1 Réponds aux questions en t'aidant du texte.

a. What's the topic of the text? ....

b. What are the main characters like? ....

c. What do the main characters fight for?..

2 Lis le texte et coche la bonne réponse.

a. What were these films like? ☐ successful ☐ failing

b. What are these stories about? ☐ liberty and freedom ☐ injustice and oppression

3 Entoure les synonymes des mots suivants.

a. brave

→ courageous coward dauntless fearless

b. headstrong

→ determined willful stubborn light-headed

c. smart

→ intelligent sharp bright dumb

d. think

→ imagine guess know presume

Mots et expressions

Questions fréquentes

What is she like? *Comment est-elle ?*

What's wrong? *Quel est le problème ? Qu'est-ce qui ne va pas ?*

What's the matter? *Qu'est-ce qui ne va pas ?*

What's going on? *Que se passe-t-il ?*

How about / What about Saturday? *Que dirais-tu de samedi ?*

characters

S'entraîner

4 Relie chaque question à la réponse.

a. Why do you like the character Katniss Everdeen? •
b. When was the first *Divergent* book published? •
c. How many films were produced for the *Twilight* saga? •

• They adapted the books into 5 films.
• Because she's clever and very independent.
• It was published in 2011.

5 Complète ces phrases avec le pronom interrogatif qui convient.

a. .... played the role of Hermione Granger? Emma Watson.

b. .... *Divergent* films are there? There are 3 films.

c. .... was the first *Hunger Games* film released? In 2012.

6 Pose les questions qui portent sur les éléments qui figurent en gras.

a. ....?
Tris is **very brave and smart.**

b. ....?
Katniss Everdeen **was only 16** when she won her first Hunger Games.

c. ....?
In *The Maze Runner*, the teens were trapped **in a maze.**

7 Complète ce dialogue avec les questions appropriées.

Interviewer : Hello Mr Potter, I work for the *Daily Prophet*. The wizarding world wants to know more about you! ....?

Harry Potter : I grew up in Little Whinging, in Surrey.

Interviewer : ....?

Harry Potter : I have been fighting the Dark Arts for a few years now.

Interviewer : ....?

Harry Potter : I feel very safe at Hogwarts. I feel at home. Anyway, I'm not afraid of Voldemort!

RAPPEL DE COURS

Les questions ouvertes

• Elles commencent par un **pronom interrogatif** qui sert à demander un **renseignement précis**. L'ordre des mots est le suivant :

Pronom interrogatif + **auxiliaire** + **sujet** + **verbe** + (**complément**) + **?**

Ex. What does she want for breakfast?
Que veut-elle pour le petit-déjeuner ?

• Lorsque la construction de la question ne fait pas appel à un auxiliaire, l'ordre diffère :

Pronom interrogatif + **verbe conjugué** + (**complément**) + **?**

Ex. What is that? *Qu'est-ce que c'est ?*
Who asked (the question)?
Qui a demandé ? / Qui a posé la question ?

Les pronoms interrogatifs

what *que, quoi, quel* (information)
who *qui* (personne)
whose *à qui* (appartenance)
which *quel, lequel* (choix)
when *quand* (temps)
where *où* (lieu)
where ... from *d'où* (provenance)
why *pourquoi* (cause)
what ... for *pourquoi* (but)
what ... like *comment* (évaluation)
what time *quelle heure*
how *comment* (manière)
how old *quel âge*
how much (+ indénombrable au singulier) *combien*
how many (+ dénombrable au pluriel) *combien*
how long *combien de temps* (durée)
how far *à quelle distance*
how often *tous les combien* (fréquence)
how tall *quelle taille*

La Grande Guerre Les totalitarismes

RAPPEL DE COURS

La Grande Guerre

- Le **28 juin 1914**, l'assassinat du prince héritier d'Autriche-Hongrie par un nationaliste serbe à Sarajevo déclenche une guerre dans les Balkans. Le **jeu automatique des alliances** transforme ce conflit régional en une guerre européenne puis mondiale. Elle dure jusqu'à l'**armistice du 11 novembre 1918**.
- Les peuples européens comprennent très vite que la guerre sera longue. Elle mobilise 8,5 millions d'appelés en France et 13 millions en Allemagne. Les soldats vivent l'expérience traumatisante de la **guerre des tranchées**, comme à Verdun en 1916.
- La violence de masse frappe aussi les populations civiles. Dans l'Empire ottoman, la minorité arménienne est massacrée par les Turcs : c'est le premier **génocide** du XXe siècle. Partout, la **guerre totale** commande le rationnement alimentaire, les cadences de travail infernales et le recul des libertés publiques et personnelles.

Les régimes totalitaires

- Des régimes totalitaires apparaissent et se fortifient pendant l'entre-deux-guerres en Europe : le **stalinisme en Union soviétique** (1924-1953) et le **nazisme en Allemagne** (1933-1945).
- Un régime totalitaire est commandé par un **chef suprême qui dispose de tous les pouvoirs** : Joseph Staline en URSS, Adolf Hitler en Allemagne.
- Un régime totalitaire est une **dictature révolutionnaire**. Ainsi, le stalinisme et le nazisme détruisent l'ordre antérieur pour imposer un nouveau groupe dominant : prolétariat ouvrier et paysan en URSS ou race aryenne prétendue supérieure en Allemagne.
- Un régime totalitaire est un **régime anti-démocratique**, puisqu'il repose sur un parti unique. Les masses défilent pour montrer leur adhésion au régime, tandis que les opposants sont enfermés dans des **camps**.

1 « Nous nous présentons devant vous dans l'unique pensée d'une guerre intégrale. Ces Français que nous fûmes contraints de jeter dans la bataille, ils ont des droits sur nous... Nous leur devons tout, sans aucune réserve. [...]
Ces silencieux soldats de l'usine, ces vieux paysans courbés sur leur terre, ces robustes femmes au labour : voilà nos poilus. Plus tard, songeant à la grande œuvre, ils pourront dire, comme ceux des tranchées, j'en étais. [...]
Nous allons entrer dans la voie des restrictions alimentaires, à la suite de l'Angleterre, de l'Italie, de l'Amérique elle-même. Nous demanderons à chaque citoyen de prendre toute sa part de la défense commune, de donner plus et de consentir à recevoir moins. [...]
Quelque chose de notre épargne nous est aussi demandé. [...] Nous en attendons la consécration par le succès complet de notre emprunt de guerre. »

Extrait de la déclaration de Georges Clemenceau, président du Conseil, ministre de la Guerre, à la Chambre des députés, le 20 novembre 1917.

a. Selon Clemenceau, quelles catégories de la population doivent participer à l'effort de guerre à l'arrière ?

b. Quel mot habituellement réservé aux soldats français utilise-t-il pour les désigner ?

c. Quels efforts Clemenceau demande-t-il aux Français ?

2 **a. Identifie les personnages représentés sur cette affiche.**

b. Décris leur attitude.

Staline, affiche soviétique, 1950, « Merci à notre cher Staline pour notre enfance heureuse ! ».

c. Quel message de propagande l'affiche diffuse-t-elle ?

La France sous influence urbaine

1

	Nombre d'aires	Population	
		Nombre d'habitants	Répartition (en %)
Aire de Paris	1	13 024 518	19,5
700 000 habitants ou plus (hors Paris)	13	13 136 668	19,7
200 000 à moins de 700 000 habitants	47	15 731 876	23,6
50 000 à moins de 200 000 habitants	126	12 295 213	18,4
Moins de 50 000 habitants	512	8 125 598	12,2
Communes hors attraction des villes	–	4 466 984	6,7

Répartition de la population selon la taille des aires d'attraction des villes.

a. Montre que la forme urbaine est la forme dominante du peuplement.

....

b. Quelle forme de peuplement est désignée par l'expression « commune hors attraction des villes » ?

....

2

Photographie aérienne de la commune de Chassieu, dans la banlieue est de Lyon.

RAPPEL DE COURS

Une population sous l'influence de la ville

- Comme dans tous les pays riches et industrialisés, la forme urbaine est la forme dominante du peuplement en France.
- Ainsi, près de **60 millions de Français**, soit 93 % de la population, vivent sous l'influence de la ville. Il s'agit de personnes habitant dans les **aires d'attraction des villes**. L'aire d'attraction d'une ville mesure l'étendue de son influence sur les communes voisines. Les aires d'attraction sont composées d'un pôle et d'une couronne périurbaine.

Les dynamiques des aires urbaines

- La plus forte croissance de la population des aires d'attraction des villes se situe dans les **couronnes périurbaines**. Celles-ci sont constituées de lotissements pavillonnaires et de zones commerciales qui « mitent » les espaces ruraux disponibles. Leur **étalement désordonné** s'appuie sur des systèmes de transport diversifiés, déployés dans toutes les directions, et parfois interconnectés. Ainsi, les **migrations pendulaires** (mobilité domicile-travail) sont très denses des couronnes vers les pôles, mais également de la périphérie vers la périphérie.
- Les **pôles** perdent souvent des habitants partis à la périphérie, mais regroupent de plus en plus des populations aisées car ils sont des lieux de concentration des pouvoirs politique et administratif et des pôles culturels.
- Les dynamiques d'urbanisation et d'étalement s'expliquent par :
  – la **métropolisation** : l'attraction exercée par les grandes aires urbaines sur des personnes, venues de communes moins peuplées, qui s'y installent et y travaillent ;
  – la migration des habitants du centre vers la périphérie ;
  – les stratégies d'implantation des entreprises industrielles ou de services.

a. De quel type de photographie s'agit-il ? ....

b. Quelle grande ville se situe à proximité de Chassieu ? ....

c. Décris la photographie en relevant les éléments qui caractérisent la périurbanisation.

....

BILAN de la séquence 1

Pour chaque question, coche la (ou les) bonne(s) réponse(s).
Ensuite, reporte-toi aux corrigés du livret détachable (page 3) et inscris ton score sur 10.

Français

1 Coche la phrase correcte.

a. Elles sont tout émues. ☐
b. Elles sont toute émues. ☐
c. Elles sont toutes émues. ☐

2 On nomme « énoncé » :

a. le message écrit ou oral. ☐
b. celui qui envoie le message (écrit ou oral). ☐
c. celui qui reçoit le message (écrit ou oral). ☐

3 L'antonyme de « timide » est :

a. réservé. ☐
b. anxieux. ☐
c. expansif. ☐

Maths

4 $\frac{5}{7} + \frac{1}{7} \times \frac{4}{3}$ **est égal à :**

a. $\frac{24}{21}$. ☐
b. $\frac{19}{21}$. ☐
c. $\frac{8}{7}$. ☐

5 Dans une classe, $\frac{1}{3}$ des élèves ont l'option latin et $\frac{1}{4}$ des autres élèves ont l'option football.
La fraction des élèves de cette classe qui ont l'option football est donc :

a. $\frac{1}{4}$. ☐
b. $\frac{1}{6}$. ☐
c. $\frac{1}{12}$. ☐

6 $\frac{10^3}{10^{-5}}$ **est égal à :**

a. 10^8. ○
b. 10^{-15}. ○
c. 10^{-2}. ○

Anglais

7 Une question ouverte commence par :

a. un auxiliaire. ☐
b. un verbe. ☐
c. un pronom interrogatif. ☐

8 *How often* interroge sur :

a. la durée. ☐
b. la fréquence. ☐
c. la manière. ☐

Histoire

9 L'événement qui déclenche la guerre de 1914-1918 est :

a. la bataille de Verdun. ☐
b. l'assassinat de l'archiduc autrichien. ☐
c. le génocide arménien. ☐

Géographie

10 Une aire urbaine est :

a. une ville. ☐
b. un pôle urbain. ☐
c. un pôle urbain et sa couronne périurbaine. ☐

Total .... / 10

Séquence 2

Une vague

Mon cœur battait la chamade tandis que je ramais en direction de la vague qui devait, d'après mon calcul, me sauver la vie. Un calcul tordu, je sais, mais comment raisonner intelligemment quand je ne comprenais même pas comment je me retrouvais là, au beau milieu de l'océan, entouré de vagues géantes ?

Je me sentis soulevé et, l'instant d'après, j'étais en l'air, mais debout sur ma planche, les deux bras au-dessus de la tête. J'avais fait un drop[1] ! J'effectuai un virage en bas de la vague, un *bottom turn*, dos à la vague. Comme le grand Kelly Slater[2] ! Je me penchai en avant, attrapai le rail de ma planche, m'accroupis et m'enfonçai dans le cœur de la bête. Je me suis retrouvé dans le tube une seconde avant de sortir sur « l'épaule » de la vague et de voler sur sa lèvre vers la liberté et l'immortalité. Les surfeurs plus âgés qui se trouvaient dans l'eau braillèrent leur admiration. Et, en levant la tête en direction de la falaise, je découvris que les badauds[3], même si je n'entendais pas leurs cris, avaient levé le poing en signe d'approbation. Cela m'a donné la chair de poule et j'eus la nausée à cause de la poussée d'adrénaline. Mais le plus bizarre dans toute cette histoire, c'est que ma peur s'était évanouie. J'en voulais encore. Des vagues toujours plus grosses. Je fis demi-tour et repartis en ramant.

Jack Lopez,
La Vague, trad. de Florence Mortimer,
Seuil, 2008.

1. action consistant à descendre la vague. 2. Kelly Slater (photo), dix fois champion du monde, est considéré comme l'un des plus grands surfeurs du monde. 3. promeneurs qui se trouvent alors sur la falaise et regardent les surfeurs.

Lecture et compréhension

1 Indique l'ordre des actions du narrateur en les numérotant de 1 à 6.

...... Il aperçoit des badauds.
...... Il repart en ramant.
...... Il se dirige vers une vague immense.
...... Il fait demi-tour.
...... Il se dresse sur sa planche.
...... Il surfe sur la vague.

2 Associe ces extraits du texte aux sentiments du narrateur.

« battait la chamade » •
« Comme le grand Kelly Slater ! » •
« braillèrent leur admiration » •
« poussée d'adrénaline » •
« J'en voulais encore. » •

• peur
• euphorie
• fierté

3 À quoi la vague est-elle indirectement comparée ?
Souligne, dans le texte, trois mots ou expressions qui justifient ta réponse.

....

de liberté

Vocabulaire

4 Retrouve, dans le texte, les verbes qui correspondent aux définitions suivantes.

a. Réfléchir en s'appuyant sur la logique :

....

b. Avait une cadence rapide et irrégulière :

....

c. Crièrent très fort :

....

Orthographe

5 Deux surfeurs racontent la même aventure. Entoure dans leur récit le mot en gras qui convient.

Nous nous **sentâmes / sentîmes** d'abord **soulevé / soulevés** et, l'instant d'après, nous **fussions / étions** en l'air, mais **debout / debouts** sur **notre / nôtre** planche […]. Nous nous **sommes / somme** ensuite **retrouvés / retrouvé** dans le tube.
Cela nous a **donné / donnés** des frissons.

Grammaire - Conjugaison

6 Indique si les périphrases verbales en gras mettent en évidence le commencement (C), le déroulement (D) ou la fin (F) de l'action.

J'**étais sur le point de** faire demi-tour (......), mais la nuit **était en train de** tomber (......) et je **commençais à** avoir froid (......). Je **me mis à** frissonner (......), **continuai de** ramer (......) et **finis de** surfer sur une petite vague (......), alors que le soleil **achevait de** disparaître (......) derrière la ligne d'horizon.

7 Souligne les verbes des phrases ci-dessous et donne leur temps de l'indicatif : présent (P), imparfait (I), passé composé (PC), passé simple (PS) ou plus-que-parfait (PP).

a. *« Un calcul tordu, je sais. »* → ....

b. *« J'avais fait un drop ! »* → ....

c. *« J'effectuai un virage. »* → ....

d. *« Je me suis retrouvé dans le tube. »* → ....

e. *« J'en voulais encore. »* → ....

f. *« Ma peur s'était évanouie. »* → ....

RAPPEL DE COURS

Les systèmes des temps

• Dans le **discours**, on emploie le présent, le futur, l'imparfait, le passé composé, le plus-que-parfait. C'est ce qu'on appelle « le **système du présent** ».

• Dans le **récit au passé**, on emploie l'imparfait, le passé simple, le plus-que-parfait et le futur dans le passé. C'est ce qu'on appelle « le **système du passé** ».

• Pour assurer la cohérence narrative, on choisit l'un ou l'autre des systèmes. Il arrive cependant que **les deux systèmes se mêlent**, particulièrement lorsque le narrateur fait le récit d'un événement passé en y associant une analyse actuelle des faits ou des sentiments éprouvés alors.

Les périphrases verbales

• Certains verbes (comme *aller, venir de, devoir, pouvoir, savoir, vouloir, faire, commencer à, finir de, être sur le point de, se mettre à, être en train de*…) peuvent être utilisés comme **semi-auxiliaires** et se combiner à d'autres verbes (à l'infinitif), ce qui permet d'apporter à la phrase d'autres nuances de sens. La forme ainsi obtenue est appelée **« périphrase verbale »**.

• On les emploie pour marquer :
– la **chronologie** (passé, présent, futur) ;

Ex. Il **va** partir. (futur proche)
Il **vient de** partir. (passé proche)

– le **moment** (début, milieu, fin) ;

Ex. Il **commence à** nager. Il **finit de** se baigner.

– les **conditions de réalisation** d'une action.

Ex. Il **doit** partir.

Sur le

RAPPEL DE COURS

Symétrie axiale

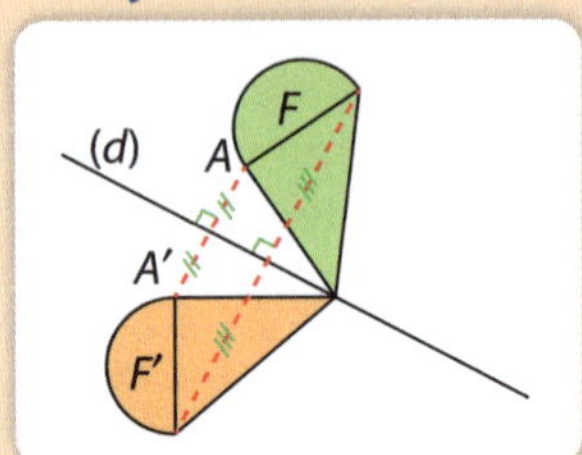

F' est l'image de la figure F par la symétrie d'axe (d).

Symétrie centrale

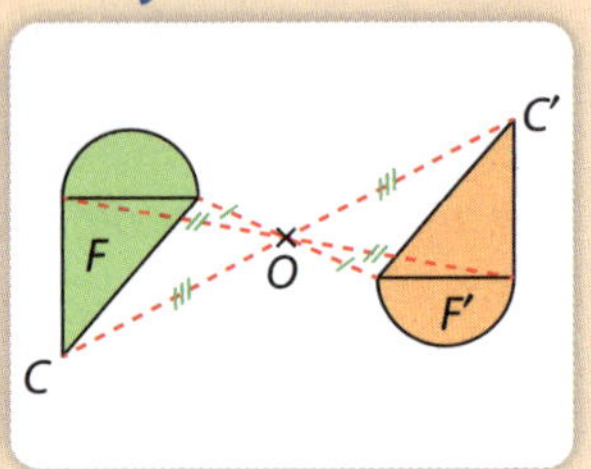

F' est l'image de la figure F par la symétrie de centre O.

Translation

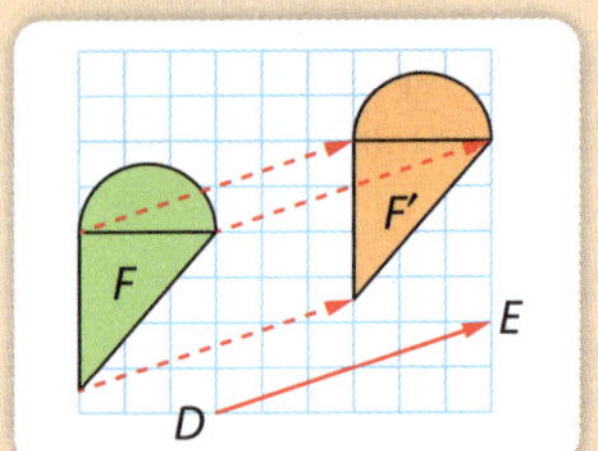

F' est l'image de la figure F par la translation qui transforme D en E.

Rotation

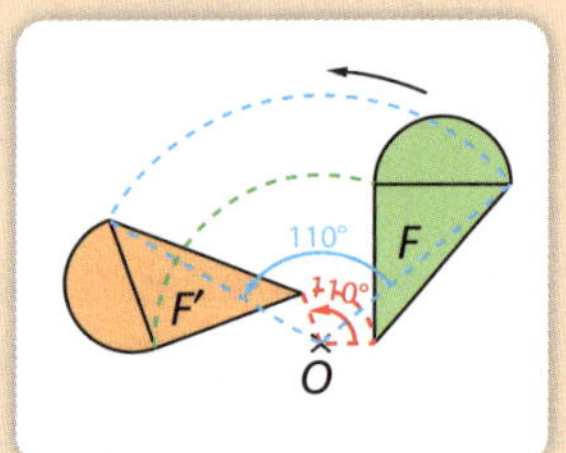

F' est l'image de F par la rotation de centre O, d'angle 110° (sens inverse des aiguilles d'une montre).

Homothétie

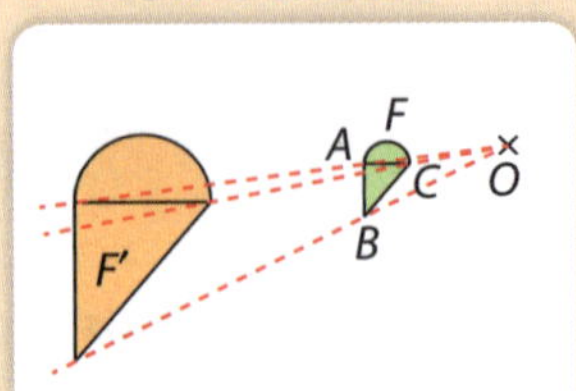

• F' est l'image de F par l'homothétie de centre O et de rapport $k = 3$.

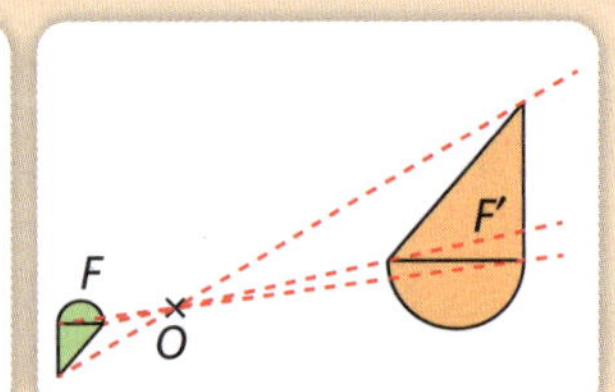

• F' est l'image de F par l'homothétie de centre O et de rapport $k = -3$.

Propriétés des transformations

• Les **symétries axiale** et **centrale**, la **translation** et la **rotation** ne modifient ni les angles, ni les longueurs, ni les aires d'une figure.

• L'**homothétie** ne modifie pas non plus les angles mais elle agrandit ou réduit la figure en multipliant les **longueurs par *k*** et elle multiplie aussi les **aires par k^2**.

Il faut bien viser !

1 Sur un terrain de golf, les trous sont repérés par des poteaux surmontés de fanions. Sur le quadrillage ci-dessous qui symbolise un golf, on a placé une droite (*d*), un point *O*, un point *A* et une figure en forme de fanion numérotée 1.

a **Construis le fanion 2, image du fanion 1 par la symétrie d'axe (*d*).**

b **Construis le fanion 3, image du fanion 1 par la symétrie de centre *A*.**

c **Construis le fanion 4, image du fanion 1 par la translation qui transforme *O* en *A*.**

d **Construis le fanion 5, image du fanion 1 par la rotation de centre *O*, d'angle 90° dans le sens inverse des aiguilles d'une montre.**

e **Construis le fanion 6, image du fanion 1 par l'homothétie de centre *O* et de rapport 2.**

f **Construis le fanion 7, image du fanion 1 par l'homothétie de centre *O* et de rapport – 1.**

On peut également dire que le fanion 7 est l'image du fanion 1 par une autre transformation. **Laquelle ?**

....

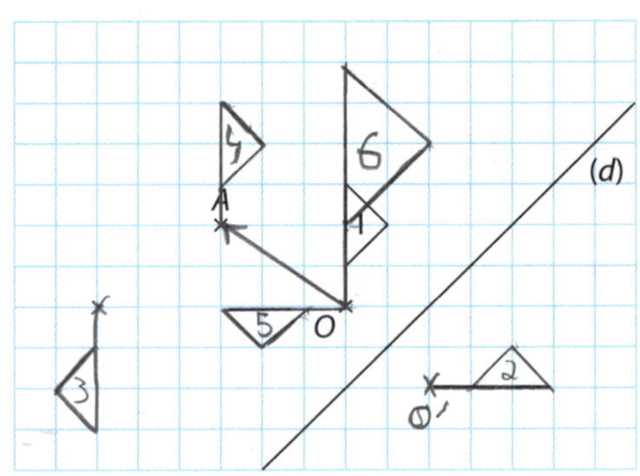

2 À partir de la figure ci-après, complète les phrases :

a **L'image du fanion *JOFG* par la symétrie d'axe (*DH*) est le fanion** FOJI

b **L'image du fanion *JOFG* par la symétrie de centre *O* est le fanion** JCOF

c **L'image du fanion *JOFG* par la translation qui transforme *O* en *C* est le fanion** BCDO

green

d **L'image du fanion *JOFG* par la rotation de centre *O*, d'angle 90° dans le sens des aiguilles d'une montre, est le fanion** DFHO

e **L'image du fanion *JOFG* par la rotation de centre *O*, d'angle 90° dans le sens inverse des aiguilles d'une montre, est le fanion** OHID

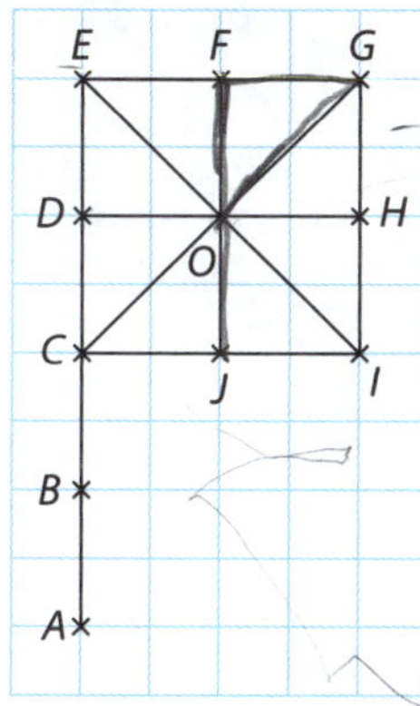

L'EXO MÉMO

4 Le périmètre d'une figure *F* est 12 cm et son aire est 6 cm².

a **Calcule le périmètre et l'aire de la figure *F′*, image de *F* par une homothétie de rapport 2.**

24 cm

12 cm²

b **Calcule le périmètre et l'aire de la figure *F″*, image de *F* par une homothétie de rapport – 0,5.**

Tout se transforme...

3 Le fanion ci-contre est le motif élémentaire du pavage de l'hexagone *ACEGIK* ci-après.
Pour chaque question, tu préciseras les éléments caractéristiques de la transformation.

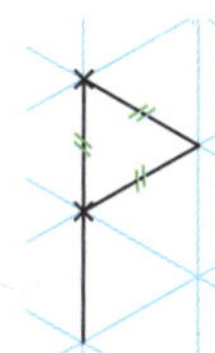

a **Quelle transformation permet de passer du fanion *SMBN* au fanion *BMSL* ?**

symetrie de centre M

b **Quelle transformation permet de passer du fanion *ABCN* au fanion *OPEF* ?**

translation de A en O

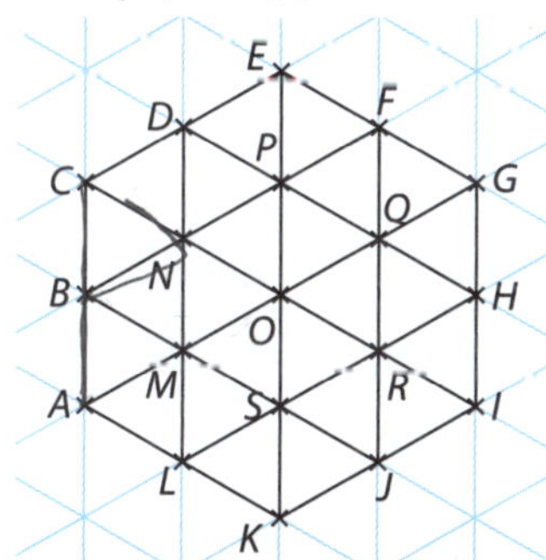

c **Quelle transformation permet de passer du fanion *OPEF* au fanion *ORIJ* ?**

symetrie axiale

d **Quelle transformation permet de passer du fanion *LSRJ* au fanion *BNPD* ?**

Rappel : chaque angle d'un triangle équilatéral mesure 60°.

e **Quelle transformation permet de passer du fanion *ONCD* au fanion *OMAB* ?**

rotation

f **Quelle transformation permet de passer du fanion *KSOR* au fanion *KOEG* ?**

homotethie

L'EXO COSTAUD

5 En transformant une figure par une homothétie, son aire a été multipliée par 9.

Quels sont les rapports possibles de cette homothétie ?

rapport 3

Rappel : le rapport d'une homothétie peut être négatif.

Welcome

Peter, Susan, Edmund and Lucy are brothers and sisters. They have just arrived in Narnia, a magical land where animals can talk. They are having dinner with Mr and Mrs Beaver[1].

Susan drained[2] the potatoes and then put them all back in the empty pot to dry on the side of the range[3] while Lucy was helping Mrs Beaver to dish up the trout, so that in a very few minutes everyone was drawing up their stools (it was all three-legged stools in the Beavers' house except for Mr Beaver's own special rocking-chair beside the fire) and preparing to enjoy themselves. There was a jug of creamy milk for the children (Mr Beaver stuck to beer) and a great big lump of deep yellow butter in the middle of the table from which everyone took as much as he wanted to go with the potatoes, and all the children thought – and I agree with them[4] – that there is nothing to beat good freshwater fish if you eat it when it has been alive half an hour ago and has come out of the pan half a minute ago.

C. S. Lewis,
The Lion, the Witch and the Wardrobe,

1. *Mr et Mrs Beaver sont des castors.* 2. **drain :** *égoutter.* 3. *fourneau.* 4. *C'est le narrateur qui parle.*

Comprendre

1 Lis le texte et réponds aux questions.

a. Where does the scene take place? ....

b. What are the characters doing? ....

2 Vrai ou faux ? Coche la bonne réponse et justifie-la en citant le texte.

a. Mr Beaver is drinking milk like the children.

☐ Vrai ☐ Faux

→ ....

b. The children and Mr and Mrs Beaver are going to eat fish.

☐ Vrai ☐ Faux

→ ....

3 Trouve dans le texte les mots équivalents.

a. vide → ....

b. servir → ....

c. tabouret → ....

d. casserole → ....

e. pichet → ....

f. morceau → ....

Mots et expressions

Poissons et fruits de mer

a trout *une truite*
a salmon *un saumon*
a tuna *un thon*
an oyster *une huître*
a cod *un cabillaud*
seafood *des fruits de mer*

À table

Enjoy your meal! *Bon appétit !*
set the table *mettre la table*
clear the table *débarrasser la table*
do the dishes, do the washing-up *faire la vaisselle*

to Narnia

S'entraîner

4 **Complète les phrases avec ces verbes que tu conjugueras au prétérit simple : *drink, be, have.***

a. Lucy .... a bigger potato than Peter.

b. Mr Beaver .... a beer.

c. The children .... very hungry.

5 **Mets les verbes entre parenthèses au prétérit *be* + *-ing*.**

a. Peter .... (**hold**) his fork.

b. .... Lucy .... (**help**) Mrs Beaver?

c. Edmund .... (**not / dish up**) the potatoes.

6 **Relie chaque début de phrase à la fin qui le complète.**

Susan dropped a potato on the table •	• Mr Beaver served himself a beer.
Peter was having a nice meal •	• while she was serving the food.
While Mrs Beaver was cooking •	• when he fell off his stool.

7 **Mets les verbes entre parenthèses au prétérit simple ou au prétérit *be* + *-ing*.**

a. Edmund .... (**eat**) his meal when Mr Beaver .... (**get up**) from the table.

b. Susan .... (**dish up**) the potatoes when Lucy .... (**sit**) down.

RAPPEL DE COURS

Le prétérit simple

On l'utilise pour parler d'une **action passée, datée et terminée** (il n'y a pas de lien entre le passé et le présent).
Avec le prétérit simple, on emploie des **marqueurs temporels évoquant le passé**, tels qu'une **date** *(in 2011)* ou un **complément circonstanciel de temps** *(last Monday ; yesterday)*.

➤ **Dans les phrases affirmatives**

• Le prétérit des **verbes réguliers** se construit avec la **base verbale** + ***-ed***.

Ex. He **played** the flute. *Il jouait de la flûte.*

• Celui des autres verbes se trouve dans la **liste des verbes irréguliers** (ex. : *to go* → *went*).

Ex. They **went** to Narnia. *Ils sont allés à Narnia.*

➤ **Dans les phrases interrogatives**

On forme le prétérit avec ***did*** + **base verbale**.

Ex. **Did** Peter **have** dinner? *Peter a-t-il dîné ?*

➤ **Dans les phrases négatives**

On forme le prétérit avec ***didn't*** + **base verbale**.

Ex. I **didn't go** to Narnia. *Je ne suis pas allé à Narnia.*

➤ **Dans les phrases où il y a *be***

Attention ! On **n'utilise pas *did*** car il y a déjà l'auxiliaire *be*.

Ex. Peter **wasn't** happy. *Peter n'était pas heureux.*
Were they **running**? *Couraient-ils ?*

Le prétérit *be* + *-ing*

• On l'utilise pour parler d'une **action en cours dans le passé**. Il est souvent employé en concordance avec le prétérit simple.

• On construit le prétérit *be* + *-ing* en conjuguant *be* au prétérit (***was*** / ***were***) + **base verbale** + ***-ing***.

Ex. Lucy **was having** a glass of milk (action en cours) when Peter **got up** from the table (événement ponctuel passé – prétérit simple).
Lucy était en train de boire un verre de lait quand Peter se leva de table.

La diversité génétique des individus

RAPPEL DE COURS

Des phénotypes différents

- L'ensemble des **caractères observables**, à différentes échelles, d'un individu, constitue son **phénotype**.
- Certains caractères sont **hérités des parents**, mais d'autres sont liés à l'**environnement**.

Un gène, des allèles

- Les caractères héréditaires d'un individu sont déterminés par son **information génétique**, organisée en unités : les **gènes**, portés par les chromosomes.
- Chaque gène est présent sur les **deux chromosomes** d'une paire, mais il peut être représenté par des **allèles** différents.
- L'ensemble des allèles d'un individu constitue son **génotype**. L'expression du génotype d'un individu entraîne la mise en place de son phénotype.
- Les **mutations**, modifications ponctuelles de la molécule d'ADN qui constitue les gènes, sont à l'origine de la formation des nouveaux allèles.

Génotype d'un individu
(Combinaison possible d'allèles pour le gène « groupe sanguin »)

Gène ABO du groupe sanguin
Allèle A dont l'expression conduit à la fabrication de molécule A

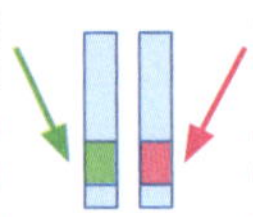

Gène ABO du groupe sanguin
Allèle B dont l'expression conduit à la fabrication de molécule B

Paire de chromosomes 9 humain

Phénotype à l'échelle cellulaire
(Molécules portées par les globules rouges ou hématies)

Molécule A — Molécule B

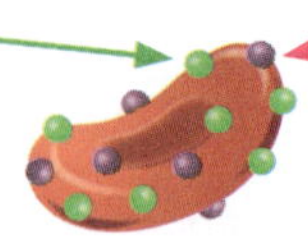

Globule rouge

Phénotype à l'échelle de l'individu : groupe sanguin AB

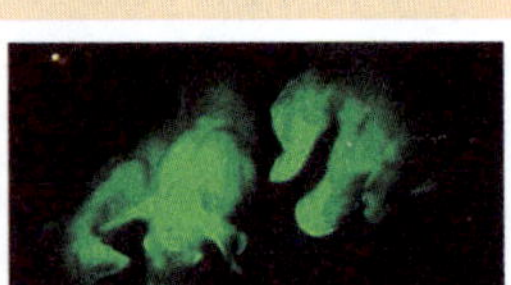

Cochons (sous une lumière ultra-violette) obtenus par l'expérience de transfert d'ADN.

1 Soit une paire de chromosomes portant les trois gènes A, B et C.
Ces trois gènes possèdent des allèles : A_1A_2 pour le gène A, B_1B_2 pour le gène B et C_1C_2 pour le gène C.
Parmi ces trois représentations pour la paire de chromosomes considérée, une seule est juste.

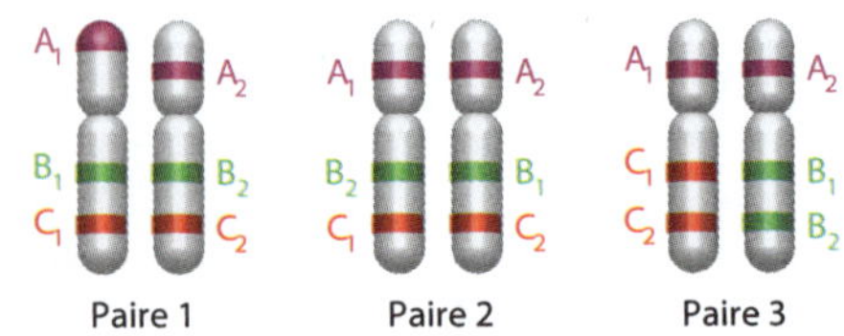

Coche la bonne réponse.

a. ☐ La bonne représentation est la paire 1, car les gènes sont placés dans le même ordre sur les deux chromosomes de la paire.

b. ☑ La bonne représentation est la paire 2, car les gènes sont placés dans le même ordre et au même emplacement sur les deux chromosomes de la paire.

c. ☐ La paire 3 ne peut pas être la bonne représentation, car les gènes B et C en double exemplaire sur un chromosome ne sont pas présents sur l'autre.

2 Une méduse *Aequorea victoria* émet une fluorescence verte. Ce caractère, naturel, est héréditaire. Des chercheurs ont isolé un fragment d'ADN chez une méduse, puis ont introduit ce fragment dans le matériel génétique de cellules-œufs de cochon. Les embryons obtenus ont été implantés dans l'utérus d'une truie porteuse. Trois mois plus tard, des porcelets sont nés.

a. Montre que le fragment d'ADN introduit dans les cellules-œufs contient le gène responsable de la fluorescence chez la méduse (voir photo en bas de page).

le caractère héréditaire fluorescent

b. Sachant que ces expériences de transfert de gène peuvent être réalisées chez tous les êtres vivants, pourquoi peut-on dire que l'ADN est le support universel de l'information génétique ?

car même venant d'une espèce différente le caractère est

Atomes et ions

1 **Coche la bonne réponse et justifie ton choix.**
L'atome d'oxygène possède huit électrons.

a. Combien de charges positives possède-t-il ?

☐ 0 ☐ 4 ☑ 8

8 car l'atome est neutre

8+-8=0

b. Quelle est la charge électrique de l'atome d'oxygène ?

☐ positive ☑ neutre ☐ négative

tout les atomes son neutre

c. Où se trouvent les charges positives ?

☐ dans le nuage d'électrons ☑ dans le noyau

2 Le rayon de l'atome d'oxygène est égal à 6×10^{-11} m.

a. Calcule le diamètre de cet atome, puis exprime ton résultat en nanomètre (1 nm = 10^{-9} m).

0,00 000 0006 006 = 0,000 000 006 m

b. Calcule le diamètre du noyau de cet atome.

0,000 000 000 000 006m

Le noyau d'un atome est 100 000 fois plus petit que l'atome.

3 L'ion chlorure contient 17 charges positives dans son noyau et 18 électrons.
Indique la formule de l'ion chlorure et complète le schéma de la formation de cet ion.

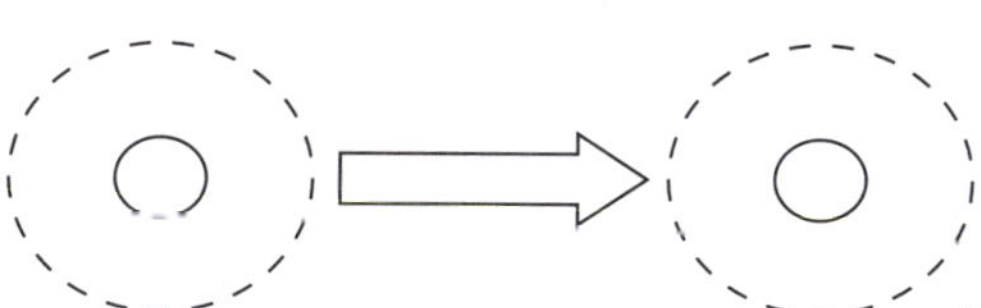

Atome de chlore Cℓ   Ion chlorure Cl^-

4 L'ion sodium provient de l'atome de sodium de symbole chimique Na. Cet atome contient 11 charges positives.
Détermine le symbole chimique de l'ion sodium sachant qu'il provient d'un atome qui a perdu 1 électron.

NA^+

le meme

RAPPEL DE COURS

Les constituants de l'atome

• Un atome est constitué d'un **noyau** (contenant des charges électriques positives) entouré d'un nuage d'**électrons** (de charges négatives).

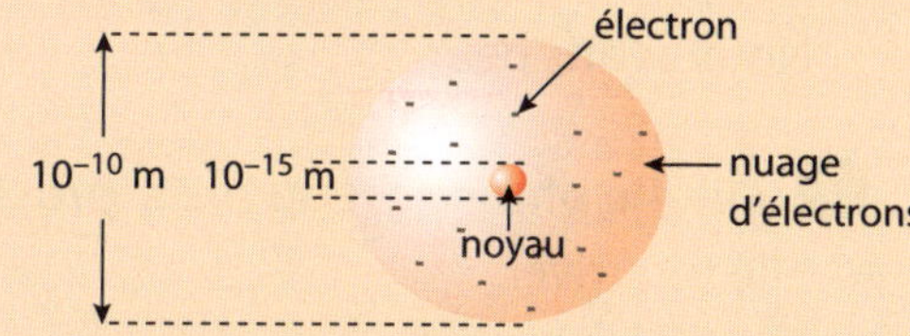

• Le diamètre de l'atome est de l'ordre du dixième de nanomètre (1 nm = 10^{-9} m). Son noyau est 100 000 fois plus petit. **Un atome est donc principalement constitué de vide.**

• Il y a autant de charges positives dans le noyau que d'électrons dans le nuage d'électrons : **un atome est électriquement neutre.**

Ex. L'atome de carbone contient 6 charges positives dans son noyau autour duquel gravitent 6 électrons. L'atome de carbone est donc électriquement neutre.

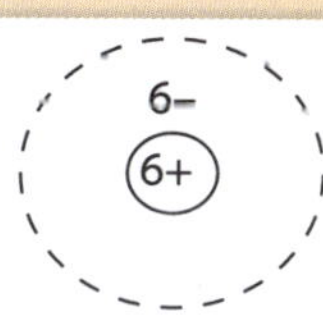

Les ions

• Lorsqu'un atome (ou un groupe d'atomes) perd un (ou plusieurs) électron(s), il devient un ion positif.

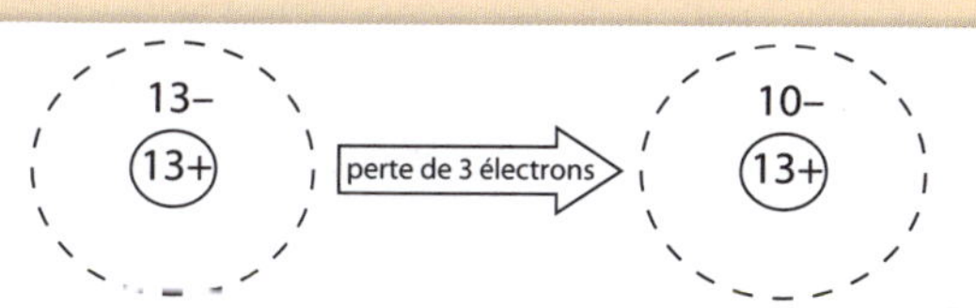

Atome d'aluminium Al   Ion d'aluminium Al^{3+}

• Lorsqu'un atome (ou un groupe d'atomes) gagne un (ou plusieurs) électron(s), il devient un ion négatif.

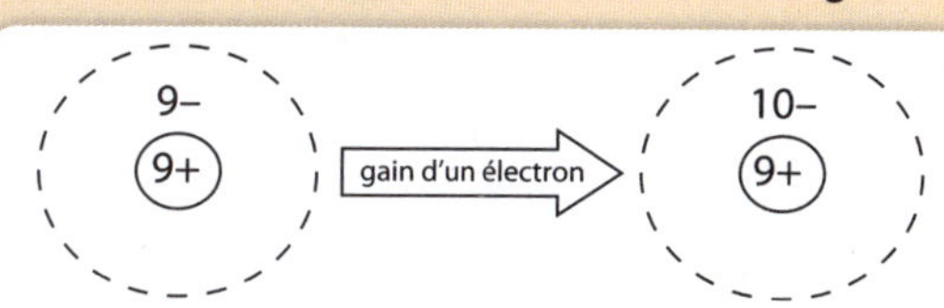

Atome de Fluor F   Ion fluorure F^-

BILAN de la séquence 2

Pour chaque question, coche la (ou les) bonne(s) réponse(s).
Ensuite, reporte-toi aux corrigés du livret détachable (page 6) et inscris ton score sur 10.

Français

1 Quelle phrase est au système du passé ?
- a. Je n'ai jamais fait de surf. ☐
- b. Il apprit à faire un drop. ☐
- c. Nous avons peur. ☐

2 Quelle phrase est au futur proche ?
- a. Elle va arriver. ☐
- b. Elle vient d'arriver. ☐
- c. Elle arrivera. ☐

3 Coche l'intrus.
- a. Terrorisé ☐
- b. Terrifié ☐
- c. Terrien ☐

Maths

Le triangle ci-dessous est le motif élémentaire du pavage de l'hexagone *ACEGIK*.

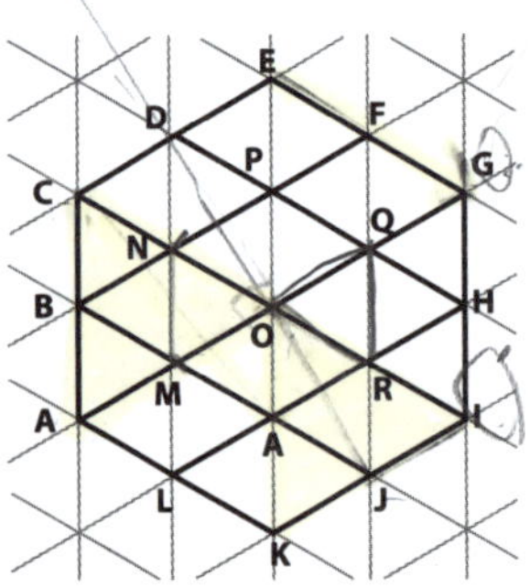

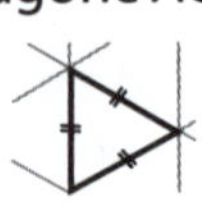

4 L'image du triangle *AOC* par la translation qui transforme *E* en *G* est :
- a. le triangle *OGE*. ☐
- b. le triangle *KIO*. ☐
- c. le triangle *AKO*. ☐

5 L'image du triangle *AOC* par la rotation de centre *O* d'angle 180° est :
- a. le triangle *EOG*. ☐
- b. le triangle *KOI*. ☐
- c. le triangle *GOI*. ☐

6 L'image du triangle *AOC* par l'homothétie de centre *O* et de rapport – 0,5 est :
- a. le triangle *QOR*. ☐
- b. le triangle *MON*. ☐
- c. le triangle *GOI*. ☐

Anglais

7 Dans une phrase négative au prétérit simple, on emploie l'auxiliaire :
- a. didn't. ☐
- b. wasn't. ☐
- c. weren't. ☐

8 Complète la phrase : *"Peter ... dinner when Mr Beaver walked in."*
- a. were having ☐
- b. having ☐
- c. was having ☐

SVT

9 Le phénotype :
- a. est l'ensemble des caractères d'un individu. ☐
- b. est l'ensemble de tous les gènes d'un individu. ☐
- c. dépend du génotype (allèles présents). ☐

Chimie

10 Le noyau d'un atome :
- a. est chargé positivement. ☐
- b. est chargé négativement. ☐

Total .... / 10

Séquence 3

Mes

Une seule fois **dans ma vie** j'ai joué au rugby. J'étais étudiante, j'avais vingt ans **et je savais encore mal dire non**. Il manquait une joueuse à l'équipe féminine. J'étais du Sud-Ouest, **garantie suffisante** : on me désigna. Je n'eus pas le temps de m'entraîner que me voilà déjà dans un match, contre Fontenay-aux-Roses, **je m'en souviens**. Je courus, en essayant d'éviter autant que possible les chocs, c'est-à-dire la proximité du ballon. J'étais terrorisée. Je me faisais une idée assez floue de mon poste : on m'avait mise ailier droit (faut-il dire ailière ?), je cavalais donc consciencieusement sur la droite du terrain, d'avant en arrière, en suivant d'aussi loin que possible le mouvement de mes compagnes. J'avais compris avec soulagement que les mêlées m'étaient épargnées et qu'on n'attendait rien de moi à la touche. Je me fis copieusement engueuler pour avoir manqué toutes les occasions d'essai, mais je m'en sortis sans un bleu : 30 à 0.

Marie Darrieussecq,
« Mes exploits », dans *Va y avoir du sport*,
Gallimard Jeunesse, 2006.

Lecture et compréhension

1 Vrai ou faux ? Entoure la bonne réponse.

a. La narratrice a vingt ans au moment où elle raconte cet événement. V F

b. Elle a souvent joué au rugby quand elle était jeune. V F

c. Elle a été choisie parce qu'elle est originaire du Sud-Ouest. V F

d. Elle est contente d'elle parce qu'elle ne s'est pas fait mal. V F

2 Observe les groupes de mots en gras dans le texte, puis coche les bonnes réponses.

☐ a. La narratrice raconte l'un de ses souvenirs.

☐ b. Elle évoque certains traits de son caractère de l'époque pour expliquer ses réactions.

☐ c. Elle donne son opinion sur les règles du rugby féminin.

☐ d. Elle raconte cet événement avec humour, en se moquant gentiment d'elle-même et des organisateurs du match.

☐ e. Elle est en colère contre ceux qui l'ont désignée pour jouer ce match.

Vocabulaire

3 Écris deux mots de la famille de :

a. vie → ....

b. an → ....

c. temps → ....

d. terrorisée → ....

4 Entoure, dans le texte, les mots appartenant au champ lexical du rugby.

exploits

Orthographe

5 Trouve l'adjectif verbal dérivé des verbes en gras et accorde-le avec les noms proposés.

a. **suffire** → une garantie ....
→ un entraînement ....
b. **surprendre** → une situation ....
→ un exploit ....
c. **convaincre** → une victoire ....
→ un résultat ....
d. **provoquer** → une attitude ....
→ un geste ....
e. **diriger** → une équipe ....
→ un groupe ....

Grammaire

6 Entoure le mot en gras correctement écrit.

Étudiant / Étudiante, Marie a joué une fois au rugby. Une joueuse **manquant / manquante** dans l'équipe, elle a été désignée parce que **résidant / résident** dans le Sud-Ouest. **Courant / Courante** le plus loin possible du groupe, elle a évité les chocs. Depuis, **étudiant / étudiante** avec soin les manuels de rugby, Marie a progressé.

7 Souligne les gérondifs de chaque phrase et indique quelle est la circonstance exprimée : manière, moyen, temps, cause ou opposition.

a. Marie évoque des situations amusantes de son passé tout en les commentant. → ....
b. Elle amuse le lecteur en insistant sur sa naïveté de jeune fille. → ....
c. En écrivant ainsi sur sa vie, elle s'interroge sur ses motivations d'écrivain. → ....
d. En évoquant ces souvenirs heureux, elle s'est parfois sentie triste et troublée. → ....
e. Marie raconte son passé en riant. → ....

RAPPEL DE COURS

Se raconter

- Écrire sur soi consiste le plus souvent à raconter des **épisodes marquants** de sa vie passée.
- Cette énonciation prend différentes formes (**roman autobiographique**, **autobiographie**, **Mémoires**, **journal intime**…) et peut être motivée par :
  – le désir de faire renaître des souvenirs personnels et lutter ainsi contre l'écoulement du temps et ses effets sur la mémoire ;
  – la volonté de mieux se connaître et se comprendre ;
  – le besoin de se justifier aux yeux du lecteur ;
  – l'envie d'apporter un témoignage sur des événements historiques précis.

Le participe présent et l'adjectif verbal

➤ Participe présent et gérondif

- Le **participe présent** est une forme verbale. Il est **invariable**. Il sert à exprimer une action non accomplie, qui a lieu en même temps qu'une autre action.

Ex. **Ignorant** tout du rugby, Marie a fait perdre son équipe.

- Lorsqu'il est précédé de la préposition *en*, on l'appelle **« gérondif »** et il exprime alors une action simultanée et une circonstance (manière, moyen, etc.).

Ex. Elle court **en essayant** d'éviter les chocs. (manière)

➤ Adjectifs verbaux

- Ce sont les adjectifs formés à partir de verbes au participe présent.
- Ils prennent la marque du genre et du nombre.

Ex. Sa meilleure amie trouve que le rugby n'est pas une activité **exaltante**.

- Certains adjectifs verbaux ont une orthographe différente de celle du participe présent.

Ex. fatig**uant** (p. présent) → fatig**ant** (adjectif)
excell**ant** (p. présent) → excell**ent** (adjectif)

Bonne

RAPPEL DE COURS

Définition

• Deux quantités sont proportionnelles si l'on peut passer de l'une à l'autre en multipliant par un même nombre appelé **coefficient de proportionnalité.**

Ex. Un commerçant vend ses cerises aux prix suivants :

× 2,80

Masse en kg	2	5
Prix en €	5,60	14

5,60 : 2 = 2,80 et 14 : 5 = 2,80 ; donc le prix et la masse sont deux quantités proportionnelles.
2,80 est le coefficient de proportionnalité.

Calculer une quatrième proportionnelle

Ex. On cherche le prix de 6 kg de cerises, noté x.

× 2,80

Masse en kg	2	6
Prix en €	5,60	x

Avec le coefficient de proportionnalité : 6 × 2,80 = 16,80 €.
Avec les produits en croix : $x = 6 \times 5{,}60 : 2 = 16{,}80$ €.

Calculer avec les pourcentages

• Calculer x % d'une quantité, c'est la multiplier par $\frac{x}{100}$.

Ex. 5 % de 40 € = $\frac{5}{100} \times 40 = 0{,}05 \times 40 = 2$ €.

• **Augmenter** une quantité **de x %**, c'est la **multiplier par $1 + \frac{x}{100}$.**

Ex. Augmenter 40 € de 5 % = $\left(1 + \frac{5}{100}\right) \times 40 = 42$ €.

• **Réduire** une quantité **de x %**, c'est la **multiplier par $1 - \frac{x}{100}$.**

Ex. Réduire 40 € de 5 % = $\left(1 - \frac{5}{100}\right) \times 40 = 38$ €.

• Déterminer un pourcentage.

Ex. Une réduction de 10 € sur un prix de 40 €
$= \frac{10}{40} \times 100 = 25$ % de réduction.

Courses à gogo !

1 Pour préparer une soirée, Théo et Thibaud se retrouvent pour faire les courses. Ils commencent par faire le plein de leurs voitures dans la même station-service.
Théo paie 71,40 € pour 70 L et Thibaud 66 € pour 55 L.

a Calcule le prix d'un litre de carburant pour Théo.

71,40 ÷ 70 = 1,02 le litre d'essence coute 1,02 euros

b Calcule le prix d'un litre de carburant pour Thibaud.

66 ÷ 55 = 1,2 le litre d'essence lui a couté 1,2

c Le prix est-il proportionnel à la quantité de carburant achetée ? Que peux-tu en déduire ?

le prix n'est pas proportionnel à la quantité car le prix du litre n'est pas le même

2 Les deux amis laissent ensuite leurs voitures sur un parking payant et se séparent pour faire leurs achats. Au retour, ils comparent leurs tickets.
Le premier a payé 2,50 € pour 50 min et le second 3,50 € pour 1 h 10 min.

Attention ! 1 h 10 min ≠ 1,10 h.

Le prix du parking est-il proportionnel à la durée de stationnement ?

Oui le prix du parking est proportionel à la durée

La bonne recette ?

3 Théo et Thibaud préparent à présent un gâteau au chocolat. La recette demande 180 g de chocolat pour 6 personnes. Mais, ce soir, ils seront une vingtaine de convives au total.
La masse de chocolat doit être proportionnelle au nombre de personnes.

Calcule la masse de chocolat nécessaire pour 20 personnes.

il faut préparer 600 g de chocolat

soirée !

4 Le gâteau est accompagné d'une crème aux œufs. Pour la faire, on compte 1 œuf par personne et 3 œufs pour 35 cL de lait.

a En respectant les proportions, calcule le nombre de cL de lait nécessaires pour préparer une crème aux œufs pour 20 personnes.

il faut environ 234,5 cl de lait pour 20 personnes

b Les deux amis ont acheté 3 L de lait. Cela suffit-il ?

234,5 cl = 2,345 l oui il y a assez de lait

5 Pendant ses courses, Théo a acheté un T-shirt en solde. Il a bénéficié d'une remise de 20 % sur 39 €.

Attention ! Ne confonds pas la remise et le prix soldé.

Calcule le prix soldé de cet article.

le prix soldé de cet article est de 31,2 euros

6 En fin de soldes, un commerçant applique une même réduction de 45 % sur tous les articles de son magasin. Il utilise la feuille de calcul ci-dessous pour calculer plus rapidement le montant de la réduction, ainsi que le prix après la réduction.

	A	B	C	D
1	prix en € avant la réduction	20	30	40
2	montant en € de la réduction	9	13,5	18
3	prix en € après la réduction	11	16,5	22

a Pour obtenir le montant de la réduction, quelle formule a-t-il saisie dans la cellule B2 ?

Toute formule de tableur commence par le signe « = ».

=B1-B3 a été saisie pour obtenir B2

b Pour obtenir le prix après la réduction, quelle formule a-t-il saisie dans la cellule B3 ?

=B1-B2 a été saisie pour obtenir B3

c Le prix d'un article soldé est de 33 €. Quel était son prix initial ?

L'EXO MÉMO

7 Théo fêtait une augmentation de salaire lors de cette soirée. Son salaire mensuel est passé de 1 900 € à 2 185 €.

Calcule le pourcentage que représente cette augmentation par rapport au salaire initial.

L'EXO COSTAUD

8 Sur trois étiquettes relevées pendant les soldes, on lit :

– *première étiquette :*
prix initial 90 €/remise de 45 € ;

– *deuxième étiquette :*
prix initial 45 €/remise de 40 % ;

– *troisième étiquette :*
prix initial 140 €/prix soldé 77 €.

a Quelle étiquette a le pourcentage de remise le plus élevé ?

b La plus forte remise en pourcentage est-elle aussi la plus forte remise en euros ?

An

Susan: Hello! I have to interview students for the school newspaper. Can I ask you a few questions about what sports you like, please?

David: Yes, OK.

Susan: Have you ever been scuba-diving?

David: Yes, I have. I love scuba-diving, it is great fun.

Susan: What about tree climbing? Have you ever done that?

David: No, I haven't but I'd love to try.

Susan: Have you ever been bungee-jumping?

David: Yes, I have. It was extremely scary but it gave me such a thrill!

Susan: Have you ever tried skydiving?

David: No, I haven't but I really love extreme sports.

Susan: That's all! You were a great help, thanks. Bye!

David: Bye!

Mots et expressions

Expressions avec *have been*

Au *present perfect*, on utilise ***been*** pour dire qu'on est allé quelque part mais qu'on n'y est plus.

I have been to the sea. *Je suis allé à la plage. (Je suis rentré.)*

I've been to Scotland. *Je suis allé en Écosse.*

Expressions avec *have gone*

Au *present perfect*, on utilise ***gone*** pour dire qu'on est allé quelque part et qu'on y est encore.

My brother has gone to Scotland. *Mon frère est parti en Écosse. (Il y est en ce moment.)*

Comprendre

1 Lis le texte puis entoure la bonne réponse.

a. This document is an interview for **a magazine / a newspaper**.

b. The questions are about **sports / cultural activities**.

c. The questions are about **past / present / future** experiences.

2 Retrouve, dans le texte, à quels mots correspondent ces photos.

a. 

....

b. 

....

c. 

....

interview

S'entraîner

3 Réécris ces phrases en y ajoutant les adverbes entre parenthèses.

a. I have eaten snake meat. (**never**)

→ ....

b. We have been to New Zealand. (**already**)

→ ....

....

c. They have touched a spider. (**not yet**)

→ ....

4 Entoure la bonne réponse pour que les phrases soient conjuguées au *present perfect*.

a. Fred **has gone / was going / had gone** to the USA.

b. Daniel and Emily **were seeing / have seen / are seeing** their mother.

c. We **are being / went / haven't been** to South Africa.

5 Écris les verbes entre parenthèses au *present perfect*. N'oublie pas les adverbes.

a. ....

.... (**you / ever / try**) scuba-diving?

b. My sister and I ....

.... (**just / see**) the Pacific Ocean.

c. My parents ....

.... (**never / eat**) snails.

6 Écris les verbes entre parenthèses au prétérit simple ou au *present perfect*, selon le sens de la phrase.

In 2019, my brother .... (**go**) to Vietnam, he .... (**have**) a wonderful time. When he .... (**be**) there he .... (**try**) lots of different specialities. Since then, he .... (**be**) to Greece and Spain.

RAPPEL DE COURS

Le *present perfect*

➤ Emploi

• On l'utilise pour faire un lien entre le passé et le présent. C'est-à-dire que l'on fait, dans le présent, le **bilan d'actions passées.**

• Contrairement au prétérit simple, on ne l'associe pas à une référence au passé *(yesterday, ago, 1997, last Tuesday)*.

➤ Formation

• Le *present perfect* se construit avec l'auxiliaire *have* conjugué au présent suivi du participe passé (verbes réguliers : base verbale + *-ed* ; verbes irréguliers : voir liste, plat 2 de couverture) : ***have* / *has* + participe passé.**

Present perfect et adverbes

• ***Already***, ***ever***, ***never***, ***just***, etc. se placent toujours **devant le participe passé**.

> **Ex.** I have **already** eaten snails.
> *J'ai déjà mangé des escargots.*
> Have they **ever** eaten grasshoppers?
> *Ont-ils déjà mangé des sauterelles ?*

• On utilise ***just*** pour décrire un **événement qui vient juste de se passer.**

> **Ex.** He has **just** seen a shark. *Il vient de voir un requin.*

• Les adverbes ***before*** (lorsqu'il a le sens de « déjà ») et ***yet*** (uniquement employé dans les phrases négatives et interrogatives) se placent toujours **en fin de phrase**.

> **Ex.** We have been to England **before**.
> *Nous sommes déjà allés en Angleterre.*
> I haven't driven a motorbike **yet**.
> *Je n'ai pas encore conduit de moto.*

La Seconde Guerre mondiale

RAPPEL DE COURS

Une guerre sur tous les fronts

• La guerre commence sous la forme de deux conflits séparés, l'un déclenché par le Japon contre la Chine en 1937, l'autre par l'Allemagne contre la Pologne en 1939.

• La guerre devient **mondiale en 1941** avec les attaques surprises de l'Allemagne contre l'Union soviétique (en juin) et du Japon contre les États-Unis (en décembre).

• Les **capitulations allemande** (8 mai 1945) et **japonaise** (obtenue après les bombardements atomiques d'Hiroshima et de Nagasaki en août 1945) concrétisent l'effondrement de ces deux impérialismes.

Une guerre d'anéantissement

• La Seconde Guerre mondiale est une **guerre idéologique** : le fascisme contre la démocratie, le nazisme contre le communisme... Cela explique la très grande violence de la guerre, durant laquelle 50 millions de personnes meurent en Europe et en Asie-Pacifique.

• La **violence nazie** se déchaîne sur les peuples conquis, en particulier les Slaves. La dureté des conditions d'occupation coûte la vie à 15 millions de civils, auxquels il faut ajouter les victimes de **génocides** : plus de 5 millions de Juifs et plusieurs centaines de milliers de Tziganes.

La France dans la Seconde Guerre mondiale

Après la **défaite de juin 1940**, le régime du maréchal Pétain choisit la **collaboration avec l'Allemagne**. Il encourage les actions de la Légion des volontaires français contre le bolchevisme (LVF). Sa police politique, la Milice, s'acharne contre les Résistants. Enfin, il dirige la **déportation des Juifs de France** dans les camps d'extermination nazis (rafle du Vel' d'Hiv' le 17 juillet 1942).

1

Principaux belligérants	Pertes militaires (en millions)	Pertes civiles (en millions)	Total en % de la population en 1939
Allemagne	4	3	12
URSS	13,6	8	12
Pologne	0,12	5,3	15
Japon	2,7	0,36	4
États-Unis	0,3	0	0,2
France	0,25	0,35	1,5
Royaume-Uni	0,32	0,1	0,9
Chine	3,5	10	2,5
Italie	0,3	0,1	1

a. Pourquoi les pertes civiles dépassent-elles les pertes militaires dans plusieurs pays en guerre ?

....

b. Dans quels pays les pertes sont-elles les plus élevées ? Comment peut-on l'expliquer ?

....

2 « [Les prisonniers] qui étaient jugés aptes au travail étaient envoyés dans le camp ; les autres sur les lieux d'extermination [...]. La solution de la question juive signifiait l'extermination de tous les Juifs d'Europe [...]. Quand j'aménageais le bâtiment d'extermination à Auschwitz, je choisis le gaz "Zyklon B" que nous faisions tomber dans la chambre à gaz par un petit orifice. Nous attendions une demi-heure avant d'ouvrir les portes et de sortir les cadavres [...]. Les Tziganes représentaient eux aussi un contingent considérable [...]. En juillet 1942, lors d'une visite de Himmler [chef suprême des SS], je lui fis faire un tour d'inspection détaillé dans le camp des Tziganes. Il put tout voir, les baraques remplies à éclater, les conditions sanitaires insuffisantes, l'infirmerie regorgeant de malades [...]. Ayant pris ainsi une vue d'ensemble complète de la situation, Himmler donna l'ordre de liquider tous les Tziganes. »

Extraits du témoignage de Rudolf HOESS, commandant SS du camp d'Auschwitz (mai 1941-décembre 1943), au procès de Nuremberg, avril 1946.

a. Que signifie « la solution de la question juive » pour les nazis ?

....

b. Relève deux éléments montrant que « la solution de la question juive » est méthodiquement appliquée.

....

Les espaces productifs

1

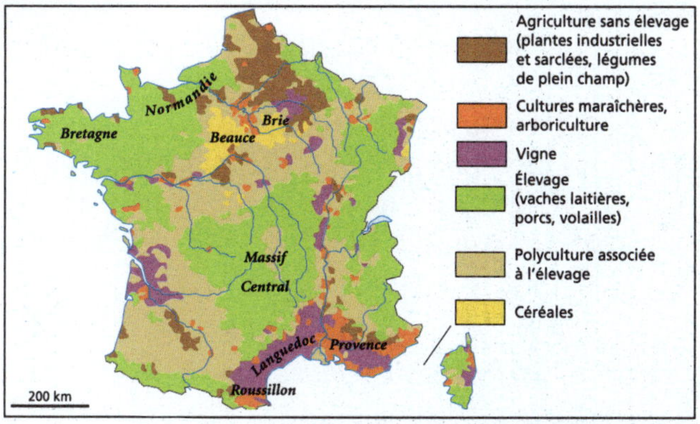

La spécialisation agricole des régions.

a. Quelle région du Grand Ouest est spécialisée dans l'élevage intensif ?

....

b. Quelle région est spécialisée dans les céréales ?

....

c. Quelles productions dominent dans le Midi méditerranéen ?

....

2 « À partir de la Défense, à l'ouest de Paris, et vers la ville nouvelle de Saint-Quentin-en-Yvelines, s'est construite une telle concentration de centres de recherche, d'universités et de grandes écoles que l'on peut parler de Silicon Valley française. Ici fonctionnent en réseau la recherche fondamentale, la recherche-développement et l'industrie, la recherche publique et la recherche privée, le civil et le militaire, les grands groupes industriels et des centaines de PME. [...] Autour, s'est formé un complexe militaro-industriel qui relie nucléaire, aérospatiale, électronique, informatique associant les groupes industriels Thomson, Alcatel, Dassault. »

Jacques Scheibling, « Une industrie française ? », *La Documentation photographique*, n° 8012, © La Documentation française.

a. Quelles sortes d'industries sont regroupées dans ou à proximité du cluster de Paris-La Défense ?

RAPPEL DE COURS

Une agriculture productiviste en crise

• La **révolution agricole**, subventionnée par l'État et l'Europe après 1945, a transformé notre agriculture déficitaire en une agriculture excédentaire, au premier rang européen. Le passage de la pénurie au surplus s'explique par la **croissance des rendements**. En même temps, la **spécialisation agricole des régions** s'est accentuée : élevage hors-sol en Bretagne, céréales dans le Bassin parisien, viticulture dans le Sud-Est…

• Depuis les années 1980, la logique productiviste enferme l'agriculture dans un **état de surproduction permanent**. Bien que des efforts aient été accomplis dans le domaine de l'agriculture biologique, les consommateurs reprochent aux agriculteurs de produire trop et de manière non durable. Quant aux exploitants, la majorité d'entre eux ont l'impression de perdre leur liberté de travail, puisqu'ils sont intégrés dans un **système productif** qui les rend dépendants des commandes et des prix fixés par les firmes agroalimentaires et la grande distribution.

Le redéploiement industriel

• Depuis les chocs pétroliers des années 1970, la chute de la croissance économique provoque une **baisse régulière de la valeur et de l'emploi industriel**. Des **crises sectorielles** ont éclaté dans la sidérurgie et le textile, puis dans les constructions navales, les constructions mécaniques, l'automobile, les constructions électriques et l'électronique.

• Aujourd'hui, la production industrielle se complexifie et nécessite une main-d'œuvre très qualifiée. Cette évolution profite à **Paris et aux grandes villes du Sud et de l'Ouest**, en particulier à leurs **clusters**.

....

b. Pourquoi la proximité des universités et des grandes écoles est-elle importante ?

....

c. À quel autre lieu le cluster de Paris-La Défense est-il comparé ?

....

BILAN
de la séquence 3

**Pour chaque question, coche la (ou les) bonne(s) réponse(s).
Ensuite, reporte-toi aux corrigés du livret détachable (page 8) et inscris ton score sur 10.**

Français

1 Coche le mot de la famille de « *sport* ».

a. Sporange ☐
b. Sponsoring ☐
c. Sportivité ☐

2 Coche l'adjectif verbal.

a. Fatiguant ☐
b. Fatigant ☐
c. Fatigué ☐

3 Quelle circonstance exprime le gérondif dans la phrase : *« Elle est arrivée en chantant. »* ?

a. Le moyen ☐
b. La manière ☐
c. La cause ☐

Maths

4 Parmi les phrases ci-dessous, laquelle est correcte ?

a. L'aire *A* d'un carré est proportionnelle à la longueur *c* de son côté. ☑
b. L'aire *A* d'un triangle rectangle isocèle est proportionnelle à la longueur *c* de ses 2 côtés qui ont la même longueur. ☐
c. Le périmètre *P* d'un carré est proportionnel à la longueur *c* de son côté. ☐

5 Un article de 75 € est soldé avec une remise de 20 %. Quel est le prix soldé de cet article ?

a. 55 €. ☐
b. 15 €. ☐
c. 60 €. ☑

6 La population d'un village est passée de 300 à 315 habitants. Quel est le pourcentage d'augmentation de cette population ?

a. 15 %. ☐
b. 5 %. ☑
c. 1,05 %. ☐

Anglais

7 On utilise le *present perfect* pour parler :

a. d'une action datée. ☐
b. du bilan d'actions passées. ☐
c. d'une action future. ☐

8 Complète la phrase : *"I ... rabbit."*.

a. have never eaten ☐
b. has never eaten ☐
c. have never eated ☐

Histoire

9 La Seconde Guerre mondiale :

a. est déclenchée par la France. ☐
b. devient mondiale en 1941. ☐
c. est gagnée par l'Allemagne. ☐

Géographie

10 Aujourd'hui, le redéploiement industriel s'opère :

a. vers les régions du Nord et de l'Est. ☐
b. vers les régions rurales de l'Ouest. ☐
c. en Île-de-France et vers les villes du Sud et de l'Ouest. ☐

Total .... / 10

Séquence 4

Quai des

La gare d'Austerlitz, j'y vais souvent, le mardi ou le vendredi, quand je finis les cours plus tôt. J'y vais pour regarder les trains qui partent, à cause de l'émotion, c'est un truc que j'aime bien, voir l'émotion des gens, c'est pour ça que je ne rate jamais les matches de foot à la télévision, j'adore quand ils s'embrassent après les buts, ils courent avec les bras en l'air et ils s'enlacent, et puis aussi *Qui veut gagner des millions*, il faut voir les filles quand elles donnent la bonne réponse, elles mettent leurs mains devant leur bouche, renversent la tête en arrière, poussent des cris et tout, avec des grosses larmes dans leurs yeux. Dans les gares, c'est autre chose, l'émotion se devine dans les regards, les gestes, les mouvements, il y a les amoureux qui se quittent, les mamies qui repartent, les dames avec des grands manteaux qui abandonnent des hommes au col relevé, ou l'inverse, j'observe ces gens qui s'en vont, on ne sait pas où, ni pourquoi, ni pour combien de temps, ils se disent au revoir à travers la vitre, d'un petit signe, ou s'évertuent à crier alors qu'on ne les entend pas. Quand on a de la chance on assiste à de vraies séparations, je veux dire qu'on sent bien que cela va durer longtemps ou que cela va paraître très long (ce qui revient au même), alors là l'émotion est très dense, c'est comme si l'air s'épaississait, comme s'ils étaient seuls, sans personne autour. C'est pareil pour les trains à l'arrivée, je m'installe au début du quai, j'observe les gens qui attendent, leur visage tendu, impatient, leurs yeux qui cherchent, et soudain ce sourire à leurs lèvres, leur bras levé, leur main qui s'agite, alors ils s'avancent, ils s'étreignent, c'est ce que je préfère, entre tout, ces effusions.

Delphine de Vigan,
No et moi, Éditions Jean-Claude Lattès, 2007.

Lecture et compréhension

1 Entoure les actions durant lesquelles, selon la narratrice, « *l'émotion des gens* » se manifeste particulièrement.

déballer un cadeau – marquer un but – partir en voyage
prendre l'ascenseur – donner une bonne réponse

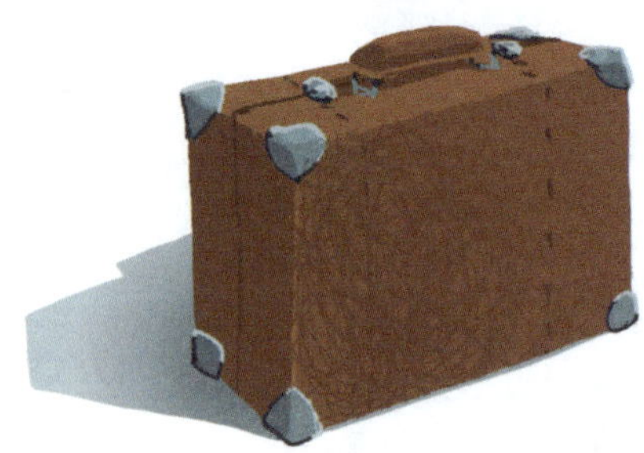

Vocabulaire

2 En remettant les syllabes dans l'ordre, tu trouveras trois expressions synonymes du mot *effusion*.

a. NITAMATIONFES → la .... vive d'un sentiment

b. PANMENTCHEÉ → un .... du cœur

c. DEDÉMENTBOR → un .... d'émotion

3 Barre l'intrus de chaque liste.

a. étreindre – lâcher – enlacer – embrasser

b. saisissement – émoi – trouble – sérénité

émotions

Orthographe

4 **Complète chaque mot avec *-tion, -ssion, -sion* ou *-xion*.**

a. agir en toute discré............

b. entamer la discu............

c. faire une réfle............

d. procéder à une inver............

5 **Entoure le mot qui convient.**

Aujourd'hui, Lou est sortie **plus tôt / plutôt** du lycée. Comme elle ne savait pas **qu'elle / quelle** ligne de métro emprunter, elle a **dû / du** aller à la gare à pied. **Quoiqu' / Quoi qu'**elle soit bonne marcheuse, elle est arrivée épuisée. **Quelque / Quelle que** soit sa fatigue, elle ne manque jamais d'être émue **quand / quant** elle assiste au départ d'un train.

Grammaire

6 **Pour chaque phrase, indique quel est l'emploi de *que*.**

a. Est-ce **que** vous aimez les gares ? – b. Quand Lou termine tôt et **que** ses parents sont absents, elle va à la gare d'Austerlitz. – c. Dès **que** les gens sont émus, Lou est troublée. – d. Elle aime **que** les gens soient heureux. – e. Lou n'observe pas les gens **que** dans les gares.

1. Conjonction de subordination.
2. Élément d'une locution conjonctive.
3. Évite la répétition d'une conjonction de subordination.
4. Élément d'une locution négative.
5. Élément d'une locution interrogative.

a. .... / b. .... / c. .... / d. .... / e. ....

RAPPEL DE COURS

La mise en relief : l'emphase

• On peut insister sur un élément de la phrase par :
– la répétition d'un mot (avec ou non reprise par un pronom) ;

Ex. Lou, **elle** est très **très** sensible.

– le détachement et le déplacement ;

Ex. **Au bout du quai,** Lou attend**, patiemment.**

– l'encadrement avec un présentatif ;

Ex. **C'est** Lou **qui** parle. **Il y a** des gens **que** j'aime.

• La mise en relief peut aussi se faire par l'emploi d'un vocabulaire hyperbolique (Lou **adore** les gares), la ponctuation ou la typographie (Elle est **mer-veil-leuse !**)…

Que

• Le mot *que* n'a qu'une seule orthographe mais appartient à plusieurs **classes grammaticales** :
– **pronom relatif** ;

Ex. Les gens **que** Lou rencontre.

– **conjonction de subordination** ou 2ᵉ élément d'une locution conjonctive ;

Ex. Je pense **que** Lou est timide. Dès **que** tu la regardes, elle rougit.

– **pronom** ou **adverbe interrogatif** ;

Ex. **Que** fait Lou ici ?

– **adverbe exclamatif** ;

Ex. **Que** la gare est grande !

– élément d'une **locution négative** ou d'une **tournure présentative**.

Ex. Lou **ne** prend **que** son sac à dos. **C'est** Lou **que** je vois.

7 **Souligne le mot ou groupe de mots mis en relief dans les phrases et relie chaque phrase au(x) procédé(s) utilisé(s).**

« La gare d'Austerlitz, j'y vais souvent. » •	• déplacement en début de phrase
« C'est un truc que j'aime bien. » •	• encadrement avec présentatif
« C'est ce que je préfère entre tout, ces effusions. » •	• répétition et reprise par un pronom

Activités de

Vive l'accrobranche !

1 Léo est un fan des parcs d'accrobranche. L'une des activités proposées dans ces parcs consiste à se laisser glisser le long d'un câble fixé entre deux arbres à l'aide d'une poulie appelée tyrolienne.
La situation est schématisée par le triangle rectangle *LEO* ci-après, où *E* et *O* sont les deux points de fixation du câble sur les arbres.

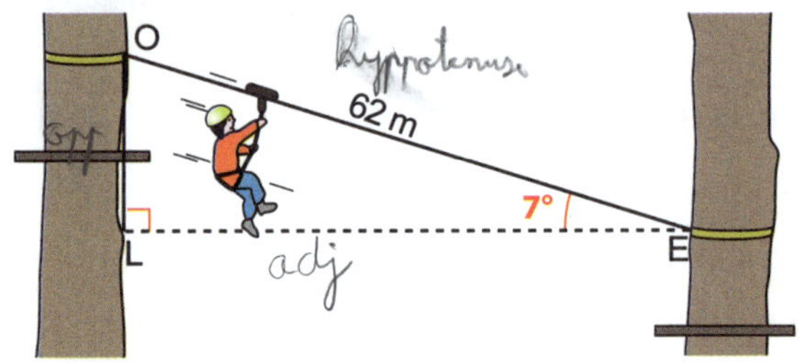

a Calcule l'arrondi au centimètre de la distance *LE* entre les deux arbres.

> Arrondir au centimètre signifie arrondir au centième de mètre.

....

....

b Calcule l'arrondi au centimètre de la différence de hauteur *OL* entre les points de fixation.

....

....

S'élever dans les airs

2 Zoé, quant à elle, préfère le kitesurf.
Debout sur une planche, elle se laisse glisser sur l'eau avec un cerf-volant.

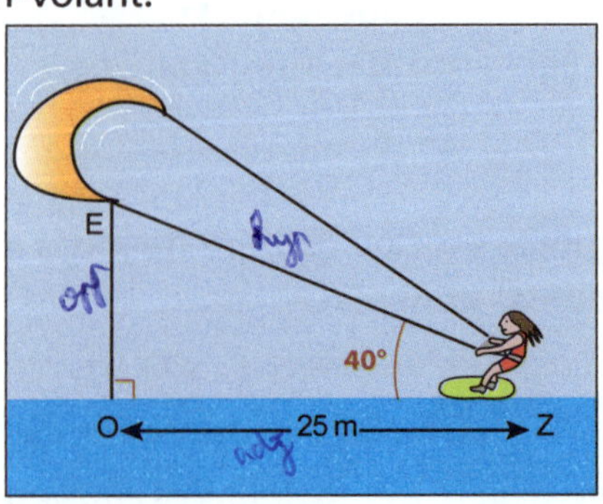

RAPPEL DE COURS

Dans un triangle *ABC* rectangle en *A* :

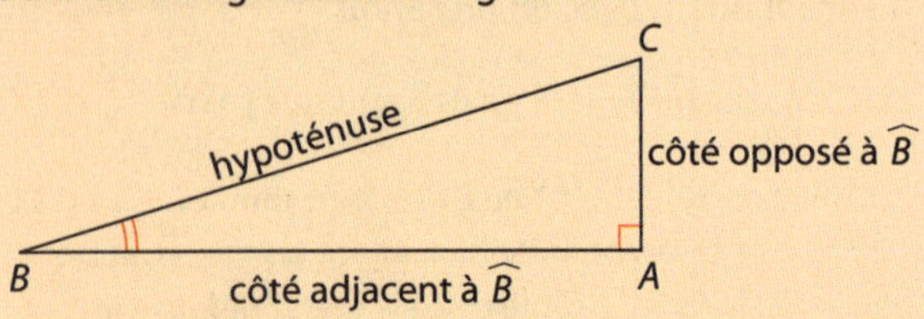

• le cosinus de l'angle $\widehat{B}$ est :

$$\cos \widehat{B} = \frac{\text{côté adjacent à } \widehat{B}}{\text{hypoténuse}} = \frac{AB}{BC}.$$

Ex. On connaît $\widehat{B}$ et *BC*, et on cherche *AB* :
$\widehat{B} = 30°$ et $BC = 7$ cm, donc $\cos 30° = \frac{AB}{7}$,
donc $AB = 7 \times \cos 30° \approx 6{,}062\ldots$ cm.

Attention ! Vérifie que ta calculatrice est en mode degré.

• le sinus de l'angle $\widehat{B}$ est :

$$\sin \widehat{B} = \frac{\text{côté opposé à } \widehat{B}}{\text{hypoténuse}} = \frac{AC}{BC}.$$

Ex. On connaît *AC* et *BC*, et on cherche l'angle $\widehat{B}$:
$AC = 3$ cm et $BC = 5$ cm, donc $\sin \widehat{B} = \frac{3}{5}$,
donc $\widehat{B} \approx 36{,}869...°$.

(Utilise la touche 2nde avant la touche SIN pour trouver $\widehat{B}$.)

• la tangente de l'angle $\widehat{B}$ est :

$$\tan \widehat{B} = \frac{\text{côté opposé à } \widehat{B}}{\text{côté adjacent à } \widehat{B}} = \frac{AC}{AB}.$$

Ex. On connaît $\widehat{B}$ et *AC*, et on cherche *AB* :
$\widehat{B} = 30°$ et $AC = 2$ cm, donc $\tan 30° = \frac{2}{AB}$,
donc $AB = 2 : \tan 30° \approx 3{,}464\ldots$ cm.

plein air

a Calcule l'arrondi au centimètre de la hauteur *EO*.

....

....

b Calcule l'arrondi au centimètre de la longueur du fil *ZE*.

....

....

3 L'avion de Jade va atterrir en suivant le trajet *AD*. Son altitude *AJ* est de 2 012 m et $\widehat{ADJ} = 35°$.

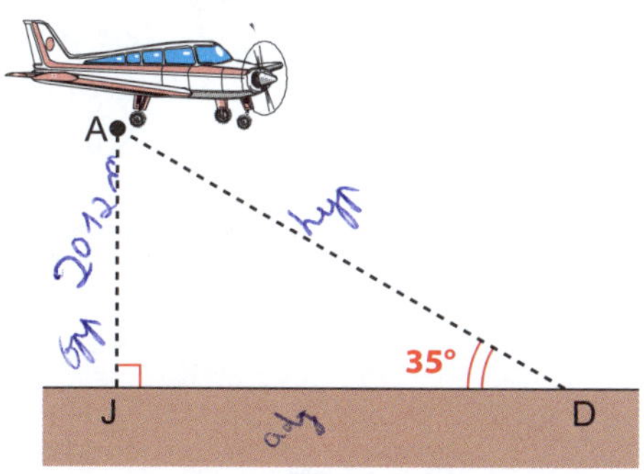

a Calcule l'arrondi au mètre de la longueur *AD* que l'avion doit parcourir avant d'atterrir.

....

....

b Avec une vitesse moyenne de descente de 80 m/s, dans combien de temps l'avion va-t-il atterrir ?

....

....

4 Kévin mesure 1,80 m et se trouve à 10 m du pied d'un arbre d'une hauteur de 9 m. Alors qu'il regarde la cime, son regard fait un angle de *a*° avec l'horizontale.

Calcule l'arrondi au degré de la mesure *a* de cet angle.

....

....

....

....

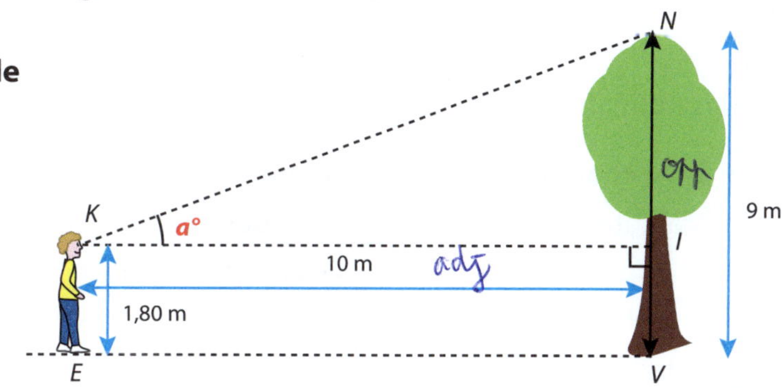

L'EXO MÉMO

5 Les panneaux que l'on trouve parfois sur la route indiquent la « déclivité ». Si le panneau indique 10 %, cela signifie que lorsqu'un véhicule parcourt 100 m, il monte ou descend de 10 m.

La plus forte déclivité relevée sur le réseau routier français se situe à Alès dans le Gard, c'est la « promenade de l'Ermitage ».

La déclivité y est de 33 % sur une distance de 150 m.

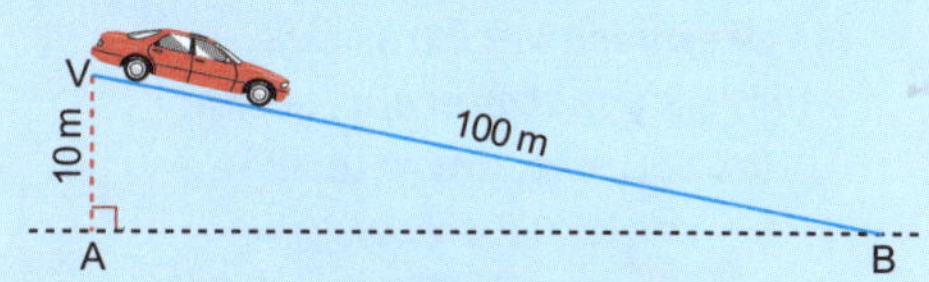

Pour cette déclivité, calcule l'arrondi au degré de l'angle que fait la route avec l'horizontale.

....

....

....

....

....

....

....

....

Letter from

Dear Megan,

As you know, I am in New Zealand. I have been travelling around the country for two months now. The weather hasn't been great: it has been raining for the past few weeks!

I have been improving my English during my trip, and learning about the traditional dishes[1] of New Zealand, such as pavlova, a delicious dessert of meringue covered with whipped cream and decorated with fresh fruit. I've also tried some interesting Maori dishes! I have been trekking[2] in the countryside and in the mountains. The landscapes are beautiful and breathtaking. I am really enjoying myself and I don't want to go home. I hope that you enjoyed your holiday too!

See you soon,
Lots of love from
Sophie xxx[3]

1. **a dish :** *un plat (nourriture).* 2. **go trekking :** *faire de la randonnée.* 3. **xxx :** *bisous.*

Le sais-tu ?

La Nouvelle-Zélande (Aotearoa en maori) fut l'une des dernières terres peuplées. Les Polynésiens, premiers ancêtres des Maori, s'y installèrent, selon les sources, entre le XIe et le XIIIe siècle apr. J.-C.

Comprendre

1 Vrai ou faux ? Coche la bonne réponse et justifie ton choix en citant le texte.

a. Sophie has been travelling for the past two weeks.
☐ Vrai ☐ Faux
→ ....

b. Sophie has been learning about New Zealand cooking.
☐ Vrai ☐ Faux
→ ....

c. Pavlova is the traditional dessert of New Zealand.
☐ Vrai ☐ Faux
→ ....

d. Sophie thinks the landscapes are amazing.
☐ Vrai ☐ Faux
→ ....

2 Relie chaque mot à sa traduction.

breathtaking •	• *paysage*
trip •	• *à couper le souffle*
whipped •	• *voyage*
landscape •	• *fouetté(e)*

Mots et expressions

En voyage

Attention aux faux amis !
a vacancy *une chambre libre*
a journey *un voyage*
a route *un itinéraire*

Au restaurant

I have booked a table for two.
J'ai réservé une table pour deux.
What's on the menu?
Qu'y a-t-il au menu ?
What's today's special?
Quel est le plat du jour ?
an order *une commande*
a starter *une entrée*
a main dish *un plat*
the bill (GB) / the check (US) *l'addition*
a tip *un pourboire*

New Zealand

S'entraîner

3 Complète ces phrases avec *for*, *since* ou *ago*.

a. She went to see her aunt in Australia two years ....

b. Ben hasn't eaten raw fish .... he last went to Japan.

c. Gaby and Liz have been learning Spanish .... two years.

4 Conjugue les verbes entre parenthèses au *present perfect* avec *be* + *-ing*.

a. .... (**they** / **swim**) in the sea?

b. Your friends .... (**not** / **travel**) around the world.

c. My mother .... (**go**) to England every month for the past two years.

5 Pose la question qui a permis d'obtenir la partie de la réponse en gras.

a. ....?
We have been living in Wellington **for three years**.

b. ....?
My best friend has been learning English **since he was 8 years old**.

c. ....?
They went to visit their grandmother in New Zealand **five years ago**.

6 Remets les mots dans l'ordre pour former une phrase correcte.

a. past / It / raining / . / New Zealand / month / for / has / the / been / in

....

....

b. since / . / My / been / this / have / morning / and / riding / mother / I

....

....

RAPPEL DE COURS

Le *present perfect be* + *-ing*

- On utilise le *present perfect be* + *-ing* pour insister sur le **déroulement d'une action**, c'est-à-dire sur **sa durée**.
- Formation : ***have*** / ***has*** + ***been*** + **base verbale** + ***-ing***.

Ex. She **has been writing** postcards for an hour.
Elle écrit des cartes postales depuis une heure.
Have you been writing a letter?
Étais-tu en train d'écrire une lettre ?
The hikers **haven't been seen** since yesterday.
Les randonneurs n'ont pas été vus depuis hier.

For, since, how long et *ago*

➤ ***For* et *since***

- On associe souvent ces prépositions avec le ***present perfect*** ou le ***present perfect be* + *-ing***.
- On utilise **since** pour indiquer le **point de départ** d'une action.

Ex. I have been learning English **since** I was 7 years old.
J'apprends l'anglais depuis l'âge de 7 ans.

- On utilise ***for*** pour mesurer la **durée d'une action** qui est toujours **en cours** au moment où l'on parle.

Ex. She has been having her breakfast **for** ten minutes.
Elle prend son petit-déjeuner depuis dix minutes. (Elle n'a pas encore fini.)

Ici, le *present perfect be* + *-ing* se traduit par le présent de l'indicatif en français.

➤ ***How long***

On utilise ce pronom interrogatif pour interroger sur la **durée**.

Ex. **How long** have you been having piano lessons?
Depuis combien de temps prends-tu des leçons de piano ?

➤ ***Ago*** **(« il y a » + une durée)**

Cet adverbe s'utilise avec le **prétérit simple** et exprime le temps écoulé par rapport à un **événement situé dans le passé**.

Ex. I **had** a cup of tea ten minutes **ago**.
J'ai bu un thé il y a dix minutes.

RAPPEL DE COURS

Deux étapes clés

• La **reproduction sexuée** est un mécanisme associé à deux phénomènes, la méiose et la fécondation, qui permettent de perpétuer l'espèce et de maintenir son nombre spécifique de chromosomes.

• Elle permet également l'existence d'une **grande diversité d'individus** au sein d'une population.

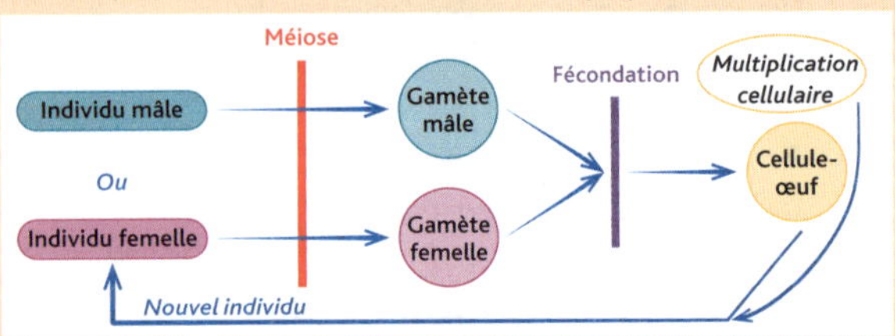

Des descendants différents

• La **méiose** se produit dans les organes reproducteurs et permet de former des **gamètes** avec un seul chromosome de chaque paire. Au cours de la méiose, la séparation des chromosomes de chaque paire est **aléatoire**, pour former au hasard une grande diversité de gamètes contenant chacun une **information héréditaire unique**.

• Au cours de la **fécondation**, le hasard intervient aussi pour réunir deux gamètes (mâle et femelle). Dans la cellule-œuf, le nombre de chromosomes de l'espèce est **rétabli** avec une combinaison unique d'allèles qui feront du futur individu un être unique.

La reproduction sexuée

1 Coche la (ou les) bonne(s) réponse(s).

a. La reproduction sexuée :

☐ permet d'obtenir des individus génétiquement identiques.

☐ est source de diversité génétique au sein des populations.

☐ met en jeu successivement la fécondation puis la méiose.

b. À quel(s) moment(s) de la reproduction sexuée le hasard joue t-il un rôle important ?

☐ Seulement lors de la formation des gamètes (méiose) dans les organes reproducteurs.

☐ Au moment de la rencontre aléatoire des gamètes mâle et femelle (fécondation).

☐ Au moment de la méiose puis de la fécondation.

2 Le nanisme est dû à une mutation d'un gène, responsable d'une mauvaise croissance des os, comme l'humérus et le fémur. Ce gène est situé sur les chromosomes de la paire numéro 4 de l'espèce humaine. La présence de cet allèle en un seul exemplaire est suffisante pour provoquer le handicap ; en double exemplaire, elle est mortelle.

a. Quels sont les allèles portés par les deux chromosomes de la paire 4 chez un individu atteint de nanisme ? Justifie ta réponse.

On notera **n** l'allèle présent chez un individu sain et **AN** l'allèle responsable de ce cas de nanisme.

....

b. Les paires respectives de chromosome 4 des parents de cet individu sont représentées ci-contre.

Montre que ces mêmes parents auraient pu avoir un enfant non atteint de nanisme.

	Parent 1	Parent 2
Phénotype	Nanisme	Sain
Génotype (paire de chromosomes 4)	n AN	n n

....

....

....

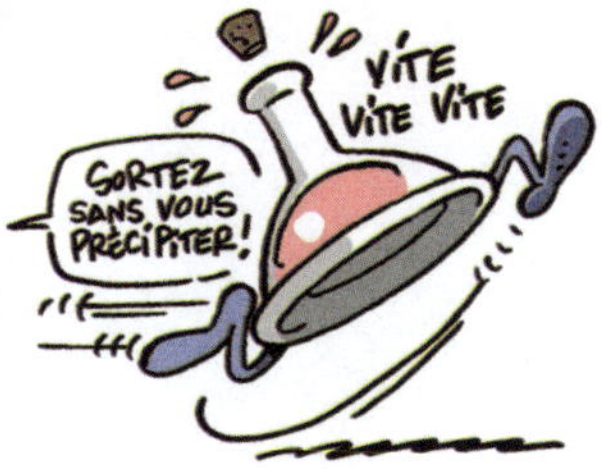

Ions, pH et propriétés acido-basiques

1 **a. Complète le tableau en indiquant la nature de la solution.**

Jus de citron	Acide chlorhydrique	Lessive de soude	Eau	Lait	Coca-Cola
2,3	1,5	13	7	6,5	2,5
....	....	....	....	....	....

b. Quelle est la solution la plus acide ? la moins acide ?

....

....

2 **Indique la nature de chaque solution, ainsi que l'ion majoritaire.**

L'ion majoritaire indique la nature de la solution.

Solution A : ....

Solution B : ....

Solution C : ....

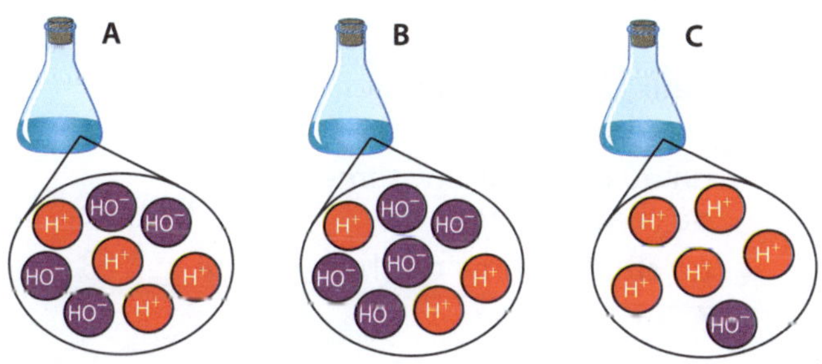

3 On verse quelques gouttes de soude dans une solution inconnue.

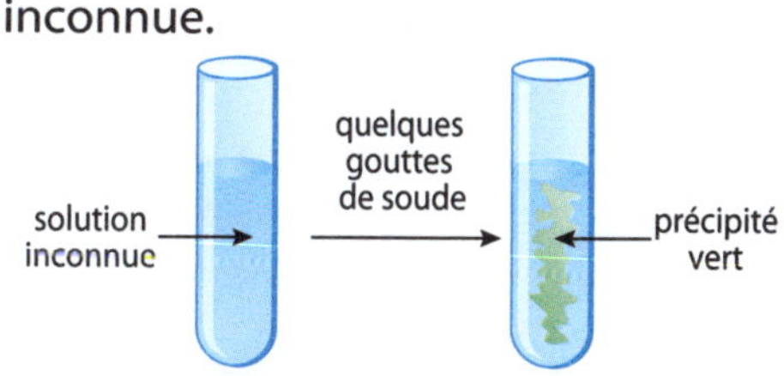

a. Quel nom porte cette expérience ?

....

b. Quel est le réactif utilisé dans l'expérience ?

....

c. Indique le nom et la formule de l'ion identifié.

....

RAPPEL DE COURS

Le pH des solutions aqueuses

- Le pH d'une solution aqueuse est un nombre sans unité compris **entre 0 et 14**.
- La mesure du pH s'effectue avec un papier **indicateur de pH** ou un **pH-mètre**.

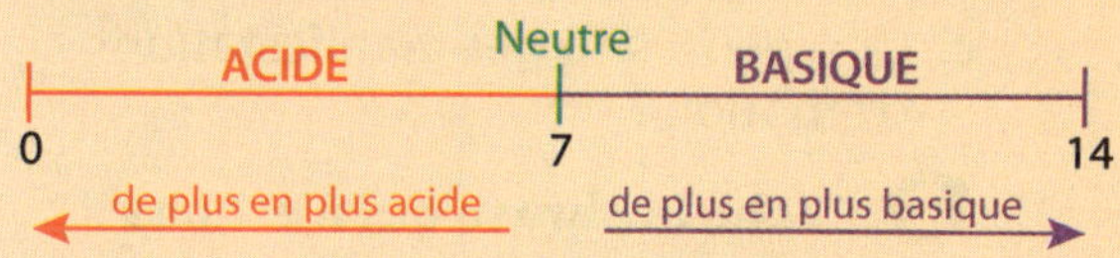

– Si le pH < 7 alors la solution est acide.
– Si le pH = 7 alors la solution est neutre.
– Si le pH > 7 alors la solution est basique.

Ions et pH

- Une solution acide contient plus d'ions H^+ que d'ions HO^-.
- Une solution neutre contient autant d'ions H^+ que d'ions HO^-.
- Une solution basique contient plus d'ions HO^- que d'ions H^+.

Ex.

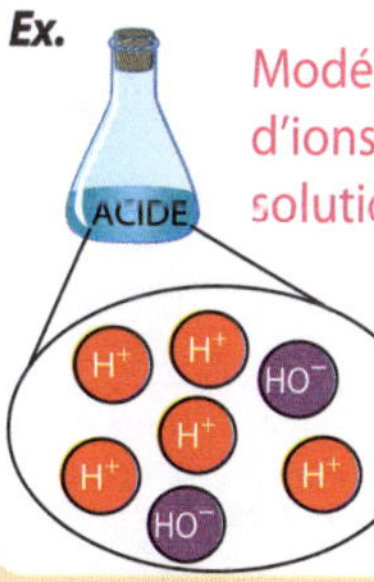

Modélisation des proportions d'ions H^+ et d'ions HO^- d'une solution aqueuse acide.

Dans cette solution, les ions hydrogène H^+ sont majoritaires. Ils sont responsables de l'acidité de la solution.

Identification des ions

On identifie un ion dans une solution en réalisant une **réaction de précipitation**. L'ajout de quelques gouttes d'un **réactif** permet de former un **précipité** (solide) coloré caractéristique de l'ion.

Ions	Zn^{2+}	Fe^{2+}	Fe^{3+}	Cl^-
Réactif	soude	soude	soude	nitrate d'argent
Couleur du précipité	blanc	vert	rouille	blanc qui noircit à la lumière

BILAN de la séquence 4

Pour chaque question, coche la (ou les) bonne(s) réponse(s).
Ensuite, reporte-toi aux corrigés du livret détachable (page 11) et inscris ton score sur 10.

Français

1 Dans quelle phrase « *que* » est-il conjonction de subordination ?

a. Lou aime que les gens s'aiment. ☐
b. Les amoureux que Lou observe attendent le train. ☐
c. Que penses-tu des manifestations d'émotion ? ☐

2 Coche la phrase qui n'est pas emphatique.

a. Je viendrai t'embrasser dès que je pourrai. ☐
b. C'est demain le grand jour. ☐
c. Toi, je pense que tu es amoureuse ! ☐

3 « *Plus tôt* » est l'homonyme de :

a. plus tard ☐
b. avant (tout le monde) ☐
c. plutôt ☐

Maths

4 Dans un triangle ABC rectangle en A tel que $AB = 7$ cm et $\widehat{ABC} = 30°$:

a. $AC = 7 \times \cos 30°$. ☐
b. $AC = 7 : \sin 30°$. ☐
c. $AC = 7 \times \tan 30°$. ☐

5 Dans un triangle EDF rectangle en E :

a. $\cos \widehat{EDF} = \sin \widehat{EFD}$. ☐
b. $\cos \widehat{EDF} = \cos \widehat{EFD}$. ☐
c. $\tan \widehat{EDF} = \tan \widehat{EFD}$. ☐

6 Dans un triangle IJK rectangle en I tel que $IJ = 3$ cm et $JK = 5$ cm :

a. $\widehat{IJK} = \cos^{-1}\left(\frac{3}{5}\right)$. ☐
b. $\widehat{IJK} = \sin^{-1}\left(\frac{3}{5}\right)$. ☐
c. $\widehat{IJK} = \tan^{-1}\left(\frac{3}{5}\right)$. ☐

Anglais

7 Quelle phrase est au *present perfect be + -ing* ?

a. He has improved his English. ☐
b. He has been improving his English. ☐
c. He is improving his English. ☐

8 Complète la phrase : *"I've been travelling … two months."*

a. ago ☐
b. for ☐
c. since ☐

SVT

9 La méiose produit des gamètes avec :

a. deux chromosomes de chaque paire. ☐
b. un ou deux chromosomes de chaque paire. ☐
c. un chromosome de chaque paire. ☐

Chimie

10 Une solution acide a un pH :

a. supérieur à 7. ☐
b. égal à 7. ☐
c. inférieur à 7. ☐

Total …. / 10

Séquence 5

Dans l'antre

Le héros Frodon, attaqué par l'araignée géante Arachne, est secouru par Sam, son serviteur.

Frodon était étendu la tête tournée vers le ciel, et le monstre était penché sur lui, tant acharné après sa victime qu'il ne prêta aucune attention à Sam et à ses cris jusqu'au moment où celui-ci fut tout près. Comme il se précipitait, il vit que Frodon était déjà lié de cordes, enroulées autour de lui des chevilles aux épaules, et le monstre, avec ses grandes pattes antérieures, commençait moitié à soulever et moitié à entraîner son corps. À son côté le plus proche gisait, luisant sur le sol, sa lame elfique[1], qui était tombée, inutile, de son poing. Sam n'attendit pas pour se demander ce qu'il fallait faire, ni s'il était brave, loyal ou empli de rage. Il bondit avec un hurlement et saisit l'épée de son maître de sa main gauche. Puis il chargea. Jamais on ne vit attaque plus furieuse dans le monde sauvage des bêtes, où une petite créature désespérée armée de ses seules petites dents sautera sur une tour de corne et de cuir qui se tient au-dessus de son compagnon tombé. Dérangée comme de quelque rêve avide[2] par son petit hurlement, elle tourna lentement vers lui l'horrible malignité[3] de son regard. Mais presque avant qu'elle ne prît conscience que déferlait sur elle une furie plus grande qu'aucune qu'elle eût connue depuis d'innombrables années, l'épée brillante mordait dans son pied et tranchait la griffe. Sam sauta dedans, dans l'arche de ses pattes, et, d'un rapide coup de bas en haut, il visa de son autre main les yeux en grappe de la tête baissée. Un grand œil s'enténébra.

J. R. R. Tolkien,
Le Seigneur des anneaux, trad. de Francis Ledoux,
Christian Bourgois Éditeur, 1992.

1. *du mot* elfe, *« génie des forces naturelles » en Scandinavie.*
2. *affamé.* 3. *méchanceté.*

Lecture et compréhension

1 **Associe à chaque personnage ce qui le caractérise.**

- Arachne
- Sam

- *« petite créature désespérée »*
- *« tour de corne et de cuir »*
- *« horrible malignité de son regard »*
- *« petit hurlement »*
- *« empli de rage »*

Vocabulaire

2 **Écris un nom formé à partir des adjectifs et des participes passés suivants :**

a. lié → un ....

b. loyal → la ....

c. désespéré → le ....

d. avide → l'..

de la bête

Orthographe

3 Entoure le participe passé bien orthographié.

Après le combat, Sam a **rejoins / rejoint** son maître. Il a **saisis / saisi** ses mains qu'il a vigoureusement **frottées / frotté**. Il lui a **pincé / pincées** les joues et **tordu / tordut** le nez. Frodon a **reprit / repris** ses esprits. Ensuite, Sam et Frodon se sont **sauvés / sauvé**.

4 Accorde les adjectifs et participes passés.

L'araignée **géant**.........., **monstrueu**.........., gisait sur le sol, apparemment **vaincu**.......... . Ses **affreu**.......... pattes, dont les poils **hirsute**........ semblaient **dur**........ et **tranchant**........ comme des lames **effilé**........, étaient **replié**...... . Sa tête, **couvert**...... de sang **visqueu**......, était étrangement **incliné**...... sur le côté.

Grammaire - Conjugaison

5 Souligne les verbes, puis encadre les attributs du sujet en bleu et les attributs du COD en rouge.

Sam ne se demanda pas s'il était brave ou loyal. La vision de son maître lié de cordes l'avait rendu fou de rage. Il était conscient du danger et avait estimé la situation périlleuse pour Frodon qui semblait évanoui. Le monstre avait l'air invincible.

6 Réécris les verbes entre parenthèses au passé composé, en accordant correctement les participes passés.

La nouvelle de l'exploit de Sam **(se répand)** .... dans toute la région. Dans chaque village, les habitants **(acclament)** .... les héros, à qui ils **(ouvrent)** .... grand leur porte. Heureux, Sam et Frodon **(se rendent)** .... compte de leur joie et **(s'échangent)** .... un regard complice.

RAPPEL DE COURS

L'accord du participe passé

➤ Employé seul

Il s'accorde comme l'adjectif qualificatif.

Ex. Parfaitement aiguis**ée**, la lame était tranchante.

➤ Avec un auxiliaire (temps composés)

- Conjugué avec ***être***, il s'accorde avec le sujet.
- Conjugué avec ***avoir***, il s'accorde avec le complément du verbe (COD) si celui-ci est placé avant le verbe.

Ex. Sam et Frodon ont vainc**u** l'araignée (COD). Sam l'(COD)a tu**ée**.

Attention ! **Suivi d'un infinitif**, le participe passé conjugué avec *avoir* s'accorde avec le COD seulement si ce COD effectue l'action exprimée par l'infinitif.

➤ Cas du verbe pronominal

Le participe passé, employé avec l'auxiliaire *être*, s'accorde avec :

– **le pronom réfléchi** s'il est COD ;

Ex. Sam et Frodon se (COD) sont regard**és**. Ils se (COI) sont parl**é**.

– **le COD placé avant le verbe** si le pronom réfléchi n'est pas COD.

Ex. Ils se (COI) sont prêt**é** des armes (COD).
Les armes qu'ils (COD) se (COI) sont prêt**ées**.

L'attribut du sujet ou du COD

➤ L'attribut du sujet

- Il est introduit par un verbe attributif ou d'état (*être, paraître*…).
- Il s'accorde avec le sujet (sauf s'il est invariable).

Ex. Sam (sujet) semble **chétif** (attribut).

➤ L'attribut du COD

Il est introduit par un verbe exprimant un jugement, une désignation ou une transformation (*juger, trouver*…).

Ex. Frodon a jugé Sam (COD) **très courageux** (attribut).

Plongeon dans

RAPPEL DE COURS

Pour développer

- a, b et k représentent des nombres relatifs :

$$k \times (a+b) = k \times a + k \times b.$$

Ex. $5 \times (3x-2) = 5 \times 3x + 5 \times (-2) = 15x - 10$

- a, b, c et d représentent des nombres relatifs :

$$(a+b) \times (c+d) = a \times c + a \times d + b \times c + b \times d.$$

- **Identités remarquables :** a et b représentent des nombres relatifs :

$$(a+b)^2 = a^2 + 2ab + b^2,$$
$$(a-b)^2 = a^2 - 2ab + b^2,$$
$$(a+b)(a-b) = a^2 - b^2.$$

Ex. $(3x+4)^2 = (3x)^2 + 2 \times 3x \times 4 + 4^2 = 9x^2 + 24x + 16$
$(3x-4)^2 = (3x)^2 - 2 \times 3x \times 4 + 4^2 = 9x^2 - 24x + 16$
$(3x+4)(3x-4) = (3x)^2 - 4^2 = 9x^2 - 16$

Pour factoriser

- a, b et k représentent des nombres relatifs :

$$k \times a + k \times b = k \times (a+b).$$

Ex. $(x-4)(x+3) - (x-4)^2$
$= (x-4)(x+3) - (x-4)(x-4)$
$= (x-4) \times [(x+3) - (x-4)]$
$= (x-4) \times [x+3-x+4]$
$= (x-4) \times 7$

- **Identités remarquables :** a et b représentent des nombres relatifs :

$$a^2 + 2ab + b^2 = (a+b)^2,$$
$$a^2 - 2ab + b^2 = (a-b)^2,$$
$$a^2 - b^2 = (a+b)(a-b).$$

Ex. $25x^2 + 20x + 4 = (5x)^2 + 2 \times 5x \times 2 + 2^2 = (5x+2)^2$
$25x^2 - 20x + 4 = (5x)^2 - 2 \times 5x \times 2 + 2^2 = (5x-2)^2$
$25x^2 - 4 = (5x)^2 - 2^2 = (5x+2)(5x-2)$

Clôture de piscine en équation

1 Une piscine de forme rectangulaire est entourée par une bande de gazon.
Cette piscine mesure 10 mètres de large et 15 mètres de long.

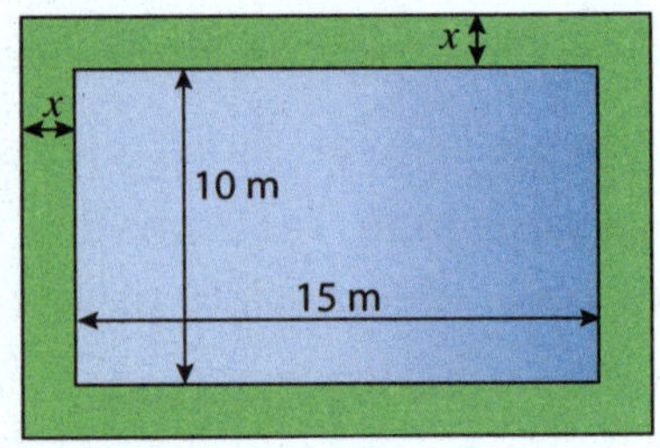

La bande de gazon mesure x mètres de large.
On souhaite mettre une clôture autour de la bande de gazon.

a **Prouve que la formule permettant de calculer la longueur de la clôture est $50 + 8x$.**

....

....

b **Prouve que la formule permettant de calculer l'aire totale des allées de gazon est $50x + 4x^2$.**

....

....

c **Calcule la longueur de cette clôture et l'aire totale des allées de gazon lorsque $x = 2$ m.**

Attention ! Ne confonds pas périmètre et aire d'un rectangle.

....

....

Calcul avec des lettres

2 On appelle n un nombre entier.

a **Exprime en fonction de n l'entier précédant n.**

....

b **Exprime en fonction de n l'entier suivant n.**

....

c **Prouve que la somme de 3 entiers consécutifs est un multiple de 3.**

....

le grand bain

3 **a** **Développe $(x+1)^2 - (x-1)^2$.**

....

b **En utilisant ce développement, trouve la valeur de $203^2 - 201^2$.**

....

4 Voici un programme de calcul :

- Choisir un nombre.
- Ajouter 4 au nombre choisi.
- Soustraire 4 au nombre choisi.
- Multiplier les 2 résultats précédents.
- Ajouter 16 au résultat précédent.
- Écrire le résultat.

On appelle x le nombre auquel on applique le programme de calcul et *R* le résultat de ce programme.

a **Exprime *R* en fonction de x.**

....

b **Prouve que ce programme donne le carré du nombre choisi.**

Tu développeras l'expression obtenue dans la 1re question.

....

5 **a** **Factorise l'expression $64 - 25x^2 - (8-5x)^2$.**

Factorise d'abord $64 - 25x^2$.

....

b **Factorise l'expression $49x^2 + 28x + 4 - 25$.**

Factorise d'abord $49x^2 + 28x + 4$.

....

L'EXO COSTAUD

6 La différence de deux nombres *a* et *b* est 5 et la différence de leurs carrés est 125.

Trouve la somme de ces deux nombres *a* et *b*.

Utilise une identité remarquable.

....

L'EXO MÉMO

7 L'aire d'un carré est :

$64x^2 - 16x + 1$.

Quelle est la longueur de son côté en fonction de x ?

....

Archie and Ned are two male bears. They have just found a human baby in the woods and they have decided to take it back to its family.

Archie *(talking to the baby)*: Right, show me your little face. You are all dirty! What will your mother say if we take you back all grubby like this? Let me clean your hands and face. You're such a cute little guy, aren't you?

Ned: He is so sweet!

Archie: Hey Ned, you do think we are doing the right thing, don't you? Maybe we shouldn't do this?

Ned: Why not?

Archie: If we save him, he'll grow up to be a hunter. He might turn against us. Maybe he'll hunt us!

Ned: Or, maybe if we save him, he'll remember that we were the ones who rescued him and looked after him when he nearly died!

Archie: Yes, you're right; I shouldn't imagine the worst. Maybe he will love us and after this trip he'll think that we are his parents!

Ned: Don't exaggerate!

Archie: I know but he is such a cutie! I could eat him all up!

Ned: Come on, let's hurry. It's going to get dark soon.

Comprendre

1 Lis le dialogue et coche la bonne réponse.

a. Who are Archie and Ned talking about? ☐ a hunter ☐ a baby
b. Who thinks they shouldn't take the baby home? ☐ Ned ☐ Archie
c. Who may be a hunter in the future? ☐ Archie ☐ the baby

2 Relie chaque mot à sa traduction.

grubby •	• *se dépêcher*
hunter •	• *mignon*
cute •	• *chasseur*
hurry •	• *sale*

Mots et expressions

La nature

the woods *les bois*
wood *du bois*
the forest *la fôret*
the mountain *la montagne*
the river *la rivière*
the stream *le ruisseau*
the grass *l'herbe*
a blade of grass *un brin d'herbe*
the leaves *les feuilles*

S'entraîner

3 Complète les phrases suivantes avec le verbe entre parenthèses conjugué à la forme du futur qui convient.

a. I .... (**go**) to the cinema this evening to see *Ice Age*.
b. Archie .... (**not / betray**) his friend Ned.
c. Archie and Ned can't go home because they .... (**take**) the baby to his parents.

Parenting...

4 Relie chaque début de phrase à la fin qui lui correspond.

a. If I finish my homework •	• I'd visit the Walt Disney Studios.
b. If I had a big bedroom •	• I will watch *Ice Age*.
c. If I went to the States •	• I would have lots of DVDs.

5 Conjugue le verbe entre parenthèses au temps qui convient.

a. Ned will be happy if they .... (**take**) the baby home safely.

b. Archie .... (**not / eat**) the baby if he was hungry.

c. Archie .... (**help**) Ned if he needs it.

d. Archie and Ned would be pleased if they

.... (**have**) a baby of their own.

6 Remets les mots dans l'ordre pour former une phrase correcte.

a. Ned / take / to / . / will / humans / the / the / baby / back

....

....

b. are / Archie / friends / baby / and / the / becoming / .

....

....

RAPPEL DE COURS

Le futur

• Le temps du futur n'existe pas en anglais. Aussi, pour parler de l'avenir, on peut utiliser :
– le **présent simple**, quand **l'action est déterminée à l'avance** ;

> **Ex.** We **leave** tomorrow morning.
> *Nous partons demain matin.*

– le **présent *be* + *-ing***, quand **l'action sert à se justifier** ;

> **Ex.** We can't come because we **are leaving** tomorrow.
> *Nous ne pouvons pas venir car nous partons demain.*

– ***be going to***, quand on veut **exprimer une intention** ;

> **Ex.** We **are going to** take you home.
> *Nous allons te ramener à la maison.*

– ***will* + base verbale**, pour **faire une prédiction**.

> **Ex.** They **will have** fun. *Ils vont bien s'amuser.*

Le conditionnel

• On utilise ***would* + base verbale**.

> **Ex.** He **would sleep** if he could. *Il dormirait s'il le pouvait.*

Les propositions subordonnées de supposition introduites par *if*

• Il faut respecter la **concordance des temps** :
– au **présent**, la supposition est réalisable : c'est donc une **prédiction** ;

> **Ex.** Archie **will** succeed if Ned **helps** him.
> *Archie réussira si Ned l'aide.*

– au **prétérit**, la supposition est irréelle : c'est donc une **hypothèse**.

> **Ex.** They **would** adopt the baby if it **was** possible.
> *Ils adopteraient le bébé si c'était possible.*

Les autres valeurs de *would*

• On utilise aussi *would* (forme contractée : *'d*) pour :
– exprimer un **souhait** ;
– exprimer une **préférence** ;
– faire une **demande polie**.

Le monde après 1945

RAPPEL DE COURS

La bipolarisation

• En 1945, les vainqueurs (États-Unis et Union soviétique) s'accordent pour occuper l'Allemagne, punir les criminels nazis, et fonder l'**Organisation des Nations unies** (ONU).

• Mais en 1947, le président américain Harry Truman s'alarme de la mise en place de régimes communistes en Europe de l'Est, libérée et encore occupée par l'URSS, sans l'accord des peuples. Truman obtient du Congrès un budget pour aider la Grèce et la Turquie et éviter que ces deux pays ne subissent le même sort.

• C'est le début de la **Guerre froide** qui oppose l'Ouest à l'Est. D'un côté, le bloc formé par les États-Unis, les démocraties d'Europe de l'Ouest (qui ont accepté le **plan Marshall** et **intégré** l'alliance militaire de l'**OTAN**), la majorité des pays d'Amérique latine et d'Asie-Pacifique. De l'autre, le bloc des pays communistes autour de l'Union soviétique. En Europe, les deux blocs sont séparés par le « **rideau de fer** ».

L'irruption du tiers-monde

• La **décolonisation** commence après la guerre en Asie, du fait du poids des populations et de l'éloignement des métropoles européennes. Elle se poursuit en Afrique dans les années 1960. Au total, plus de 80 anciennes colonies accèdent à l'indépendance.

• La décolonisation est brutale en Indochine et en Algérie ; elle est plus pacifique en Inde et dans l'Afrique noire française.

• Partout, la décolonisation s'appuie sur la volonté des peuples de vivre libres et de s'affirmer par rapport aux deux blocs. Ce processus de libération est à l'origine de l'expression « **tiers-monde** » dans les années 1950, puis « **non-alignés** » dans les années 1960. Mais la pauvreté a beaucoup réduit leur liberté en les obligeant à choisir un allié parmi les superpuissances.

1 **Classe chaque pays dans sa catégorie.**

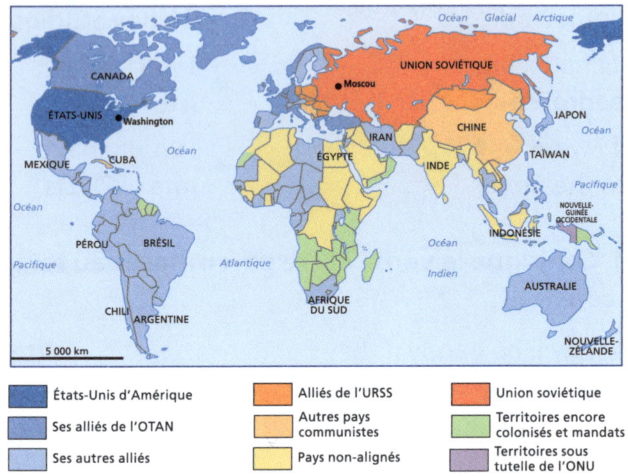

La bipolarisation du monde dans les années 1960.

a. États du bloc occidental : ....

b. États du bloc communiste : ....

c. États échappant à la bipolarisation : ....

2 « Depuis sept jours, nous sommes dans cette belle ville de Bandung et Bandung a été au cours de cette semaine le point de mire, la capitale, devrais-je dire, de l'Asie et de l'Afrique [...]. Nous avons pris du retard [...], mais nous sommes résolus à n'être d'aucune façon dominés par aucun pays. Nous sommes des grands pays du monde et voulons vivre libres sans recevoir d'ordre de personne [...]. C'est pourquoi, nous élevons notre voix contre l'hégémonie et le colonialisme dont beaucoup d'entre nous ont souffert pendant longtemps. Et c'est pourquoi, nous devons veiller à ce qu'aucune autre forme de domination ne nous menace. Nous voulons être amis avec l'Ouest, avec l'Est, avec tout le monde. Malheureusement, aujourd'hui, le drame de l'Afrique est plus grand que celui d'aucun autre continent. Il appartient d'aider l'Afrique au mieux de ses possibilités. »

Discours de Nehru, Premier ministre indien, Conférence de Bandung, 24 avril 1955.

a. **Présente le document.**

....

b. **Selon Nehru, de quelle situation ont souffert la plupart des peuples participant à cette conférence ?**

....

c. **Quelle attitude Nehru encourage-t-il pour l'avenir ?** ....

....

Les déséquilibres du territoire

1 Coche la (ou les) bonne(s) réponse(s).

a. La métropolisation concerne :

☐ l'aire parisienne.

☐ les grandes villes du Sud et de l'Ouest.

☐ toutes les grandes aires urbaines.

b. Les territoires les plus dynamiques sont :

☐ l'aire parisienne.

☐ les métropoles du Sud et de l'Ouest.

☐ les départements frontaliers du Nord-Est.

2

a. Quels territoires français sont les plus engagés dans la mondialisation ?

....

....

b. Quels territoires français sont les moins engagés dans la mondialisation ?

....

....

RAPPEL DE COURS

La métropolisation

• En France, comme partout dans le monde, on assiste à un regroupement de la population et des activités de commandement dans les aires d'attraction des villes les plus peuplées.

• Cette tendance, la **métropolisation**, profite d'abord à **Paris**, puis aux **capitales régionales de rang européen ou national** (Lille, Lyon, Marseille, Nice, Toulouse, Bordeaux, Nantes, Rennes), qui affirment de plus en plus leurs compétences.

Les territoires dynamiques

• Les plus fortes croissances du nombre d'habitants et d'emplois se concentrent dans les **métropoles du Sud et de l'Ouest** qui n'ont pas de tradition industrielle. Les croissances de Montpellier, Toulouse, Bordeaux, Nantes et Rennes combinent développement des industries de pointe et des services de niveau supérieur.

• Les **départements frontaliers du Nord-Est** profitent de leur proximité avec la mégalopole européenne. Par exemple, des travailleurs français traversent quotidiennement la frontière vers l'Allemagne, la Suisse ou le Luxembourg. Des **eurorégions** émergent et se développent.

• Les estuaires des grands fleuves – Seine, Loire, Rhône – sont aménagés en **zones industrialo-portuaires** (ZIP) en relation avec la mondialisation des flux de marchandises.

Les territoires en difficulté

• À l'est de la ligne Le Havre-Marseille, les régions des Hauts-de-France et du Grand-Est subissent une forte et ancienne **désindustrialisation**.

• Les départements de la « **diagonale du vide** » voient leur population baisser à cause d'une faible offre d'emplois et de leur éloignement des interfaces terrestres et maritimes.

• Les **territoires d'outre-mer** sont des espaces ultrapériphériques en retard de développement.

BILAN de la séquence 5

Pour chaque question, coche la (ou les) bonne(s) réponse(s).
Ensuite, reporte-toi aux corrigés du livret détachable (page 14) et inscris ton score sur 10.

Français

1 Dans quelle phrase se trouve un attribut du COD ?

a. Je l'ai vu entrer. ☐
b. Je le pensais plus âgé. ☐
c. Je te suis très reconnaissant. ☐

2 Coche la bonne proposition.

a. Les romans qu'elle a lu… ☐
b. Les romans qu'elle a lue… ☐
c. Les romans qu'elle a lus… ☐

3 Dans quelle phrase trouve-t-on une métaphore ?

a. Sam est une petite créature désespérée. ☐
b. Arachne est une tour de corne et de cuir. ☐
c. Sam est empli de rage. ☐

Maths

4 L'expression développée de $(7x + 5)^2$ est :

a. $7x^2 + 25$. ☐
b. $49x^2 + 25$. ☐
c. $49x^2 + 70x + 25$. ☐

5 L'expression factorisée de $(x + 1)^2 - 9$ est :

a. $(x - 2)(x + 4)$. ☐
b. $x^2 + 2x - 8$. ☐
c. $(x - 8)(x + 10)$. ☐

6 L'expression factorisée de $4x^2 - 12x + 9$ est :

a. $(2x + 3)(2x - 3)$. ☐
b. $(2x + 3)^2$. ☐
c. $(2x - 3)^2$. ☐

Anglais

7 Quelle phrase ne permet pas de traduire : « *Nous partons demain matin.* » ?

a. We leave tomorrow morning. ☐
b. We are leaving tomorrow morning. ☐
c. We would leave tomorrow morning. ☐

8 La phrase : *"Ned would like a sleep."* exprime :

a. un souhait. ☐
b. une préférence. ☐
c. une demande polie. ☐

Histoire

9 La Guerre froide débute en :

a. 1944. ☐
b. 1947. ☐
c. 1949. ☐

Géographie

10 La « diagonale du vide » s'étire :

a. de la Bretagne à la Corse. ☐
b. des Ardennes aux Pyrénées. ☐
c. de l'Île-de-France à l'Occitanie. ☐

Total .... / 10

Séquence 6

Au

— Trois billets, s'il vous plaît.
– Exposition permanente ou temporaire ?
– Modigliani[1].
– Exposition temporaire. Un adulte et deux enfants ?
– Vous ne l'avez pas tout le temps ?
– Pardon ?
– Modigliani, vous ne l'avez pas tout le temps ?
– Non, l'exposition se termine le 4 novembre.
– C'est pas risqué pour des enfants ?
– Modigliani ?
– Oui, un peintre temporaire.
– C'est un très grand artiste.
– Peut-être, mais c'est la première fois qu'ils vont au musée, j'aimerais autant leur montrer quelqu'un de stable.
– Modigliani est un peintre très important, madame.
– Oui, mais vous ne le gardez pas et ce n'est pas un très bon exemple pour des enfants un artiste qui est renvoyé du musée dans une semaine, reconnaissez…

Jean-Michel Ribes,
Musée haut – Musée bas, Actes Sud, 2004.

1. *Amedeo Modigliani (1884-1920), célèbre peintre et sculpteur italien.*

Lecture et compréhension

1 Lis le texte et barre les informations qui sont fausses dans le résumé suivant :

Une mère de famille se trouve à la billetterie d'un théâtre avec son mari et ses deux enfants, qu'elle amène là pour la troisième fois. Elle souhaite faire découvrir à ses enfants l'œuvre de Modigliani, mais abandonne finalement son idée car elle se dit qu'il est un mauvais exemple pour eux, étant donné que son œuvre n'est pas exposée en permanence.

2 Qui pose les questions ? Relie comme il convient.

la femme •
le vendeur de billets •

• *« Exposition permanente ou temporaire ? »*
• *« Vous ne l'avez pas tout le temps ? »*
• *« Pardon ? »*
• *« C'est pas risqué pour des enfants ? »*
• *« Modigliani ? »*

Vocabulaire

3 Complète chaque champ lexical en choisissant trois mots dans la liste suivante :

sculpteur – âge – superficie – chronomètre – pinceau – périodicité – tableau

a. l'art → peintre – exposition – artiste – musée – .... – .... – ....

b. le temps → permanent – temporaire – semaine – .... – .... – ....

musée

Orthographe

4 Complète chaque nom avec *-é* ou *-ée*.

a. un troph......
b. la chauss......
c. un lyc......
d. un pât......
e. la mont......
f. la beaut......

Grammaire

5 Réécris les phrases au discours indirect.

a. Le guide précisa : « Ici, interdit de prendre des photos ! »

....

....

b. Un visiteur demanda : « Le musée est-il ouvert demain ? »

....

....

6 Complète les phrases suivantes en choisissant l'un des connecteurs de la liste afin de mettre en évidence le rapport logique indiqué entre parenthèses.

afin que – ni – donc – dès lors que – parce que

a. La mère de famille est inquiète .... Modigliani lui semble être un mauvais exemple pour ses enfants. (→ **la cause**)

b. La mère pense que Modigliani est un peintre instable ; .... elle décide de partir. (→ **la conséquence**)

c. Le guichetier affirme que Modigliani est un très grand artiste .... la mère soit rassurée. (→ **le but**)

7 Distingue le fait (F), la thèse (T), l'argument (A) et l'exemple (E). Inscris la lettre qui convient à la fin de chaque phrase.

a. Les musées permettent de confronter différentes perceptions de l'art. → ....
b. Beaucoup de personnes m'ont affirmé s'être amusées au musée. → ....
c. Les visites au musée nous permettent de découvrir des formes d'art surprenantes. → ....
d. Les œuvres d'art sont majoritairement conservées dans les musées. → ....

RAPPEL DE COURS

Les paroles rapportées

• À l'écrit, on peut rapporter les paroles des personnages :
– telles qu'elles sont prononcées à l'oral : c'est le **discours direct** ;
– en les intégrant à la narration : c'est le **discours indirect**.

• Pour passer d'un discours à l'autre, il faut faire des modifications (temps, pronoms, etc.). Le discours direct nécessite une **ponctuation spécifique** (guillemets, tirets, etc.) que n'a pas le discours indirect, qui se reconnaît grâce au **verbe de parole** (*dire*, *s'écrier*, etc.).

> ***Ex.*** Discours direct :
> « Vous ne l'avez pas en permanence ? »
> Discours indirect :
> La mère **demanda** s'ils l'avaient en permanence.

• On parle de **« discours indirect libre »** lorsque l'énonciateur n'est pas clairement présenté et que c'est le contexte qui permet de comprendre qui s'exprime.

> ***Ex.*** La mère était inquiète. **Le musée n'exposait donc pas Modigliani en permanence ?**

Le vocabulaire de l'argumentation

• Lorsqu'un **énonciateur** cherche à faire partager ses idées en les développant, on dit qu'il **argumente**. Il défend une idée principale (la **thèse**), qu'il justifie au moyen d'**arguments** (les différentes idées secondaires, subordonnées à la thèse). L'argument a valeur de preuve ; il permet d'orienter la réflexion et peut être illustré d'**exemples** (issus de l'expérience, de l'observation, des connaissances de l'énonciateur…). Il ne faut pas confondre l'**argument** et le **fait** (admis par tous), ni l'**argument** et l'**exemple**.

• Pour être convaincante, une argumentation doit être organisée. Pour cela, l'énonciateur utilise souvent des mots de liaison (des **connecteurs logiques** : *donc*, *ainsi*, *en effet*, etc.) qui lui permettent de mettre en évidence la logique de sa démonstration.

RAPPEL DE COURS

Théorème de Pythagore

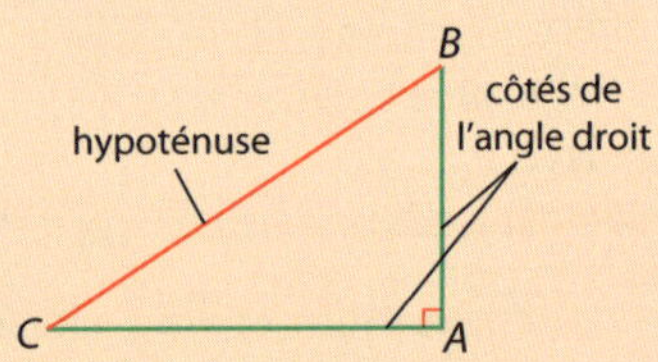

Si *ABC* est un triangle rectangle en *A*, alors $BC^2 = AB^2 + AC^2$.

Réciproque du théorème de Pythagore

Si, dans un triangle, le carré d'un côté est égal à la somme des carrés des deux autres, alors ce triangle est rectangle.

Théorème de Thalès

(d) et *(d')* sont deux droites sécantes en *A*.
B et *M* sont deux points de *(d)*, distincts de *A*.
C et *N* sont deux points de *(d')*, distincts de *A*.
Si les droites *(BC)* et *(MN)* sont parallèles, alors :

$$\frac{AM}{AB} = \frac{AN}{AC} = \frac{MN}{BC}.$$

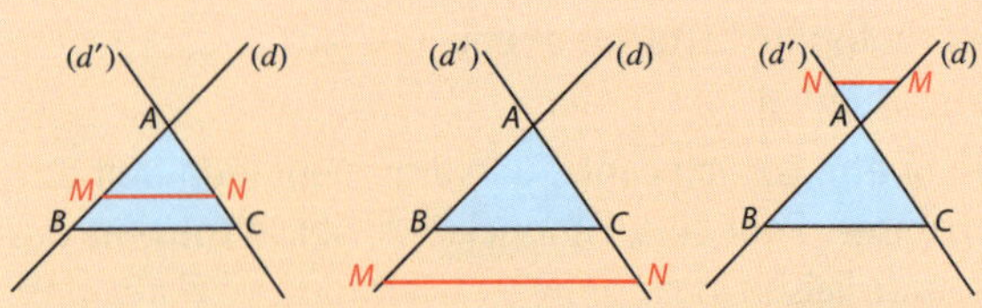

Réciproque du théorème de Thalès

(d) et *(d')* sont deux droites sécantes en *A*.
B et *M* sont deux points de *(d)*, distincts de *A*.
C et *N* sont deux points de *(d')*, distincts de *A*.

Si $\frac{AM}{AB} = \frac{AN}{AC}$ et si les points *A*, *B*, *M* et les points *A*, *C*, *N* sont dans le même ordre, alors les droites *(BC)* et *(MN)* sont parallèles.

Vive

Tenir bon contre vents et marées

1 Le mât du voilier ci-contre mesure 3,6 m. Il a pu résister à la dernière tempête, car il est maintenu à l'avant par un étai de 4,2 m et sur les côtés par des haubans de 3,9 m.

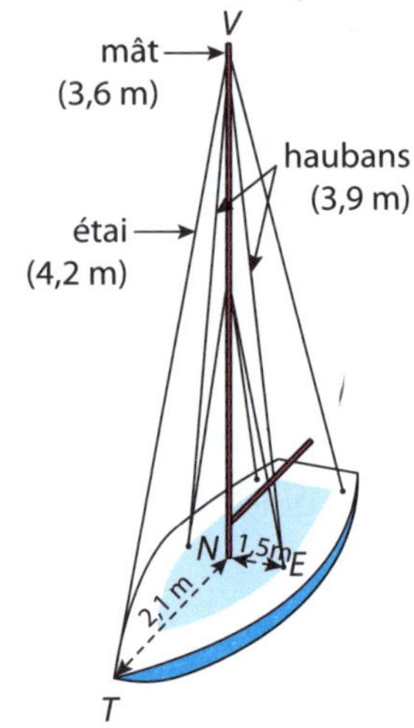

a Le triangle *VEN* est-il rectangle ? Justifie.

....

....

....

....

b Le triangle *VNT* est-il rectangle ? Justifie.

....

....

....

2 L'arbre ci-contre n'a, quant à lui, pas survécu à cette tempête.
Sa hauteur était de 13,5 m. Il a été coupé en deux à 6 m de son pied et sa partie basse est restée verticale.

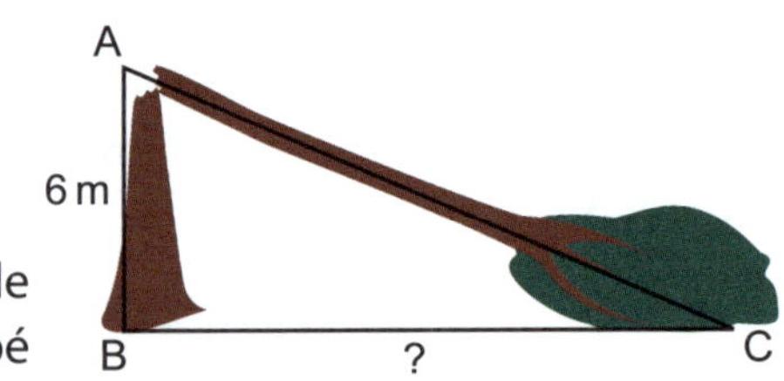

À quelle distance du pied de cet arbre la cime est-elle tombée ?

Calcule d'abord *AC*.

....

....

....

....

....

....

la voile !

Consolider ses bases

3 Avant le passage de la tempête, le bâtiment ci-contre a été renforcé avec plusieurs bastaings.

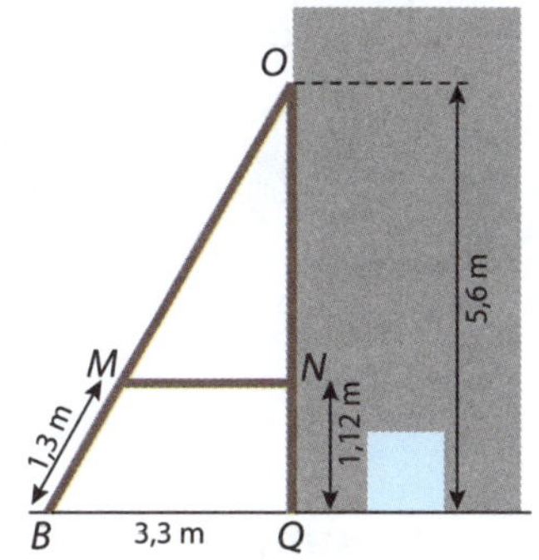

a **Sachant que le triangle *OBQ* est rectangle en *Q*, calcule la longueur du bastaing *OB*.**

....

....

....

b **Prouve que le bastaing [*MN*] est parallèle au sol.**

Calcule d'abord *OM* et *ON*.

....

....

....

4 Deux cordes sont tendues entre *A* et *B* et entre *O* et *D*. Ces deux cordes se coupent en *I*. On sait que *IA* = 5 m ; *ID* = 9,1 m ; *IB* = 7 m et *IO* = 6,5 m.

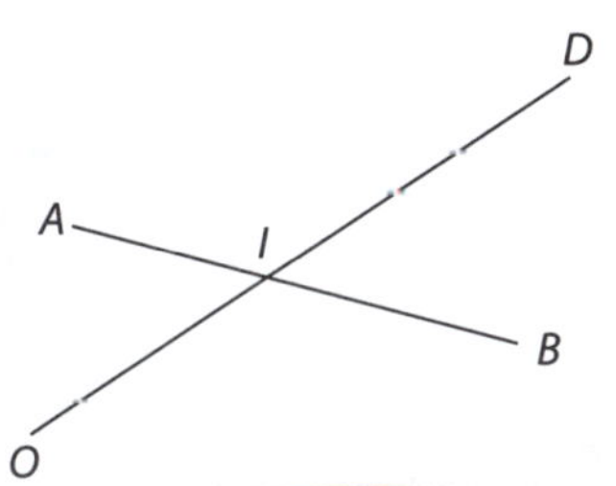

a **Les droites (*OA*) et (*BD*) sont-elles parallèles ?**

Utilise les triangles *IOA* et *IBD*.

....

....

....

....

b **Les droites (*OB*) et (*AD*) sont-elles parallèles ?**

Utilise les triangles *IOB* et *IAD*.

....

....

....

....

....

....

L'EXO COSTAUD

5 La figure ci-dessous représente la fin d'un parcours d'accrobranche. Cette dernière partie, qui démarre à 15 m de haut, permet d'arriver au sol en glissant avec une tyrolienne le long d'un câble de 200 m.

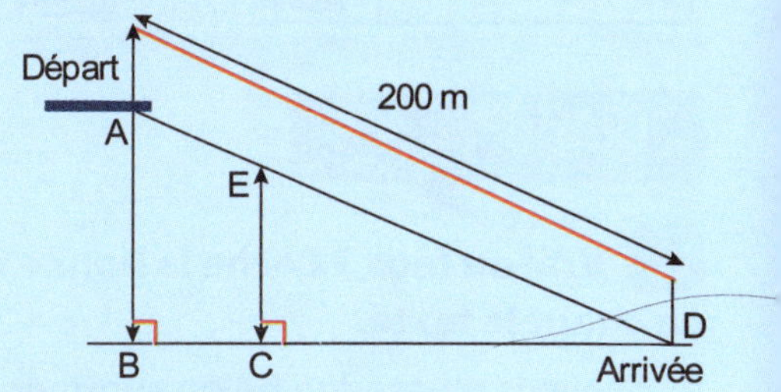

a **Pourquoi les droites (*AB*) et (*EC*) sont-elles parallèles ?**

....

....

....

....

b **Quelle distance a-t-on parcourue le long de ce câble lorsqu'on est encore à 10,5 m de haut ?**

....

....

....

....

....

....

....

....

Calvin and

Comprendre

1 Vrai ou faux ? Coche la bonne réponse et justifie-la en citant le texte.

a. Calvin is pleased to be on summer vacation. ☐ V ☐ F

→ ....

....

b. At the end, Calvin is disappointed. ☐ V ☐ F

→ ....

....

Le sais-tu ?

Le tigre en peluche Hobbes emprunte le nom d'un philosophe anglais, tandis que Calvin est le nom d'un théologien français.

Mots et expressions

Le verbe *to play*

Selon la particule ajoutée, le verbe *to play* (jouer) change de sens :

- **play along** *coopérer*
- **play down** *minimiser*

Expressions avec *to play*

play it cool *garder son sang-froid*
play it safe *ne prendre aucun risque*
play by the rules *respecter les règles*
play a joke on somebody *jouer un tour à quelqu'un*
play the fool *faire l'idiot*

2 Relie le mot anglais à sa traduction.

enjoy •	• *rediffusions*
nothing •	• *rien*
repeats •	• *profiter de*

3 Relie les synonymes entre eux.

vacation •	• super
great •	• can
be able to •	• holiday

S'entraîner

4 Complète les phrases en utilisant *can* ou *be able to* à la forme qui convient.

a. Calvin .... have an ice cream.

b. Next week, he .... go to the beach.

c. Last week, Calvin .... go to the cinema.

Hobbes

5 Complète les phrases avec *must, have to* ou *mustn't*.

a. Calvin will .... watch repeats on TV during the holidays.

b. He .... be naughty or his parents will be angry.

c. He .... obey his mother when she tells him to be quiet.

d. Calvin's grandparents will .... take him to the beach because his parents can't.

6 Pose les questions qui portent sur les éléments en gras.

a. ....
....
....
....
....................................?
Calvin must do **his homework**.

b. ....
....
....?
Calvin always plays with **Hobbes**.

c. ....
....
....?
Calvin will be able to take Hobbes **to school**.

7 Mets la phrase suivante au futur puis au prétérit :
Calvin can sleep with Hobbes.

a. Futur → ....
....

b. Prétérit → ....
....

RAPPEL DE COURS

Must et *can*

Comme tous les auxiliaires modaux, *must* et *can* :
- sont **toujours suivis d'une base verbale** ;
- gardent **la même forme** à toutes les personnes ;
- **portent la marque de la négation** ;
- entraînent une **inversion sujet/verbe** dans une **question**.

L'obligation

- Au **présent**, on utilise ***must***.

Ex. His father **must** stop smoking.
Son père doit arrêter de fumer.

- Au **passé** et au **futur**, on utilise ***have to***.

Ex. He **had to** go to school. *Il devait aller à l'école.*
He **will have to** go to school. *Il devra aller à l'école.*

L'interdiction

On utilise ***mustn't***, ***can't*** ou ***not be allowed to***.

Ex. You **mustn't** smoke. *Vous ne devez pas fumer.*
You **can't** drink alcohol. *Vous ne pouvez pas boire d'alcool.*
You **aren't allowed to** use my mobile.
Tu n'as pas le droit d'utiliser mon portable.

La contrainte extérieure

On utilise ***have to*** au **présent** quand on veut exprimer une contrainte extérieure, par exemple un règlement.

Ex. My friend **has to** wear a uniform at school.
Mon ami doit porter un uniforme à l'école.
(C'est l'école qui lui impose de porter un uniforme.)

La capacité, l'incapacité

- Au **présent**, on utilise ***can*** (*can't* pour l'incapacité).

Ex. Calvin **can** play football. *Calvin sait jouer au foot.*

- Au **passé**, on utilise ***could*** (*couldn't* pour l'incapacité) qui est le prétérit de *can*.

Ex. He **could** ride a bike when he was 3.
Il savait faire du vélo à 3 ans.

- Au **futur**, on utilise ***be able to*** (*not be able to* pour l'incapacité).

Ex. He **will be able to** go swimming. *Il pourra aller nager.*

Parenté des êtres vivants et évolution

RAPPEL DE COURS

Parenté et évolution

• Les espèces actuelles et passées **partagent des caractères** qui permettent de les regrouper et témoignent d'une **origine commune**.

• Un caractère partagé entre plusieurs espèces est hérité d'un ancêtre commun chez qui cette innovation génétique est apparue.

• Un **arbre évolutif**, comme la classification sous forme de **groupes emboîtés**, traduit le degré de parenté entre les espèces et montre leur origine commune. Il rend compte de « l'histoire évolutive » des êtres vivants.

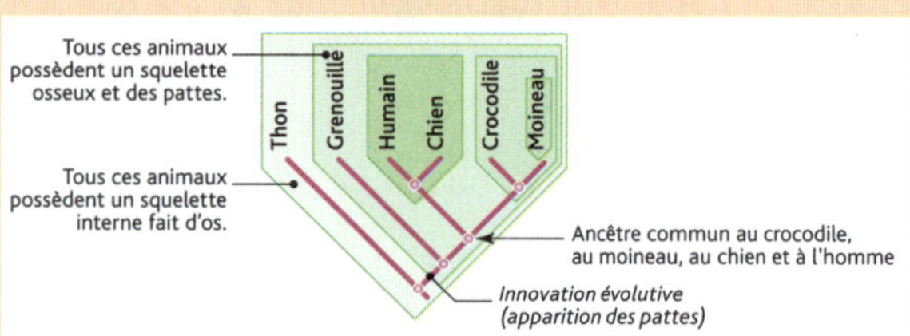

Et l'être humain ?

L'être humain est également le résultat d'une série d'innovations au cours de l'évolution. C'est un **primate**, proche du chimpanzé avec qui il partage un ancêtre commun qui leur est propre.

Mécanismes évolutifs

• Au sein d'une population, la fréquence des allèles peut varier au hasard lors de la transmission aléatoire des allèles des parents à leur descendance : c'est la **dérive génétique**.

• Dans un milieu donné, certains allèles confèrent un avantage aux individus qui le possèdent. Ces individus survivent mieux que les autres. La fréquence des allèles avantageux va alors augmenter dans la population : c'est la **sélection naturelle**.

1 Coche la (ou les) bonne(s) réponse(s).

a. Un arbre évolutif représente :

- [ ] les liens de parenté qui existent entre les individus d'une espèce donnée.
- [x] les liens de parenté qui existent entre différentes espèces.
- [ ] les différences anatomiques entre les espèces.

b. L'espèce humaine :

- [ ] représente la forme la plus évoluée des êtres vivants actuels.
- [x] partage de nombreuses innovations évolutives avec les autres êtres vivants.
- [ ] a une parenté plus étroite avec le chimpanzé qu'avec les autres espèces actuelles.

2 Des populations de souris se distinguent par la couleur de leur pelage. Elles vivent dans le milieu A (vastes zones recouvertes de roches claires) et le milieu B (zones étroites, sur des coulées de lave sombre). Elles sont les proies du grand hibou à cornes qui les distingue même la nuit. Un gène, pour lequel existent 2 allèles (D et d), contrôle la couleur du pelage. L'allèle d entraîne un pelage clair. L'allèle D, issu de l'allèle d, entraîne un pelage foncé.

	Fréquence allèle D	Fréquence allèle d
Population du milieu B	90 %	10 %
Population du milieu A	12 %	88 %

a. Compare les fréquences des allèles D et d en fonction du milieu de vie des souris.

moins les zones sont vaste moin il y a de fréquence

b. Le milieu A est essentiellement peuplé par des souris au pelage clair et le milieu B par des souris au pelage sombre. **Quel facteur de l'environnement a pu influencer les variations de fréquences des allèles selon le type de sol ?** Vaste = claire étroit = sombre

c. Cette étude illustre-t-elle le phénomène de dérive génétique ou de sélection naturelle ?

Oui car ça prouve une derive génétique en fonction du milieu

Transformations physiques et chimiques

1 Le cyclohexane est un produit utilisé dans l'industrie chimique. Sa formule chimique est C_6H_{12}. Sa T_{fusion} est de 6,47 °C et sa $T_{ébullition}$ est de 80,75 °C.

a. Indique les états du cyclohexane à 0 °C et à 50 °C. Quel changement d'état aura lieu si le cyclohexane passe de 85 °C à 75 °C ?

liquéfaction

b. Un flacon contient 50 g de cyclohexane liquide. Ce flacon est placé dans un congélateur pendant 24 h. **Quelle sera la masse de ce flacon après cette transformation physique ?**

la même

2 En camping, il est possible d'utiliser un réchaud électrique fonctionnant avec une cartouche de gaz propane. La combustion du propane dans le dioxygène produit du dioxyde de carbone et de l'eau. La formule chimique du propane est C_3H_8.

Atome	Carbone	Oxygène	Hydrogène
Symbole	C	O	H
Représentation	●	●	○

a. Nomme les réactifs puis les produits formés lors de la combustion du propane. Indique la formule chimique de chaque molécule.

le carbone + O + H

b. Écris, en toutes lettres, le bilan de la combustion.

O + H + C = Propane

c. Utilise la modélisation de la combustion ci-dessous pour écrire l'équation de réaction.

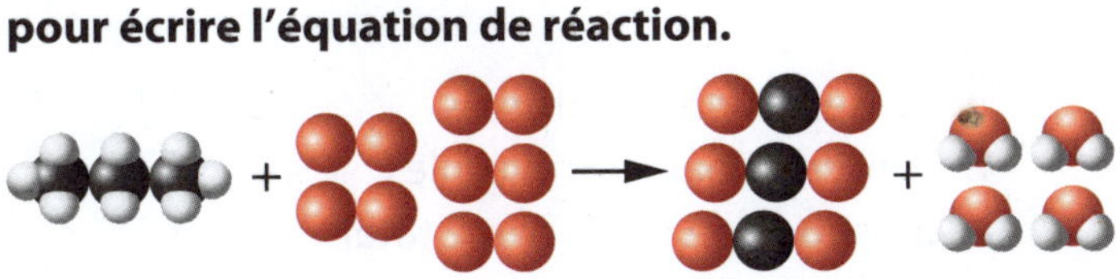

d. Lorsqu'on brûle 44 g de propane dans 160 g de dioxygène, il se forme 72 g d'eau. **Calcule la masse de dioxyde de carbone formée.**

....

RAPPEL DE COURS

Transformation physique

- Lors d'une **transformation physique**, les molécules ne sont pas modifiées, seule leur disposition les unes par rapport aux autres est changée.
- Il y a conservation des molécules, et donc de la masse.

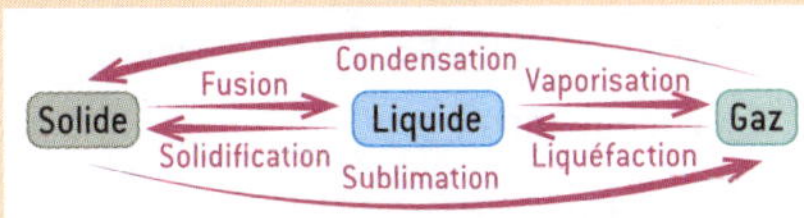

Transformation chimique

- Une **transformation chimique** est une transformation de la matière au cours de laquelle les atomes qui constituent les molécules des **réactifs** se réarrangent pour former de nouvelles molécules : les **produits**.
- Il y a conservation des atomes : la masse totale est conservée.

Équation de réaction

Pour décrire une transformation chimique, on écrit une **équation de réaction**. Son écriture fait intervenir les formules chimiques des réactifs et des produits, ainsi que des coefficients assurant la conservation des éléments et des charges électriques.

Ex. la combustion du méthane
Bilan : méthane + dioxygène → dioxyde de carbone + eau
Équation de réaction :

Coefficients d'ajustement

$$CH_4 + 2O_2 \longrightarrow CO_2 + 2H_2O$$

Réactifs — *Produits*

BILAN
de la séquence 6

Pour chaque question, coche la (ou les) bonne(s) réponse(s).
Ensuite, reporte-toi aux corrigés du livret détachable (page 16) et inscris ton score sur 10.

Français

1 Coche le connecteur logique.

a. Lorsque ☐
b. Puisque ☐
c. Dès que ☐

2 Coche le mot qui appartient au champ lexical de la musique.

a. Condoléances ☐
b. Conciliabule ☐
c. Concertiste ☐

3 Quelle phrase est au discours indirect ?

a. « Voulez-vous bien vous taire ? », gronda-t-il. ☐
b. « Aujourd'hui, exigea-t-elle, vous rangerez vos CDs. » ☐
c. Elle se demanda si les visiteurs seraient nombreux. ☐

Maths

4 On sait que le triangle *ABC* est un triangle rectangle en *A* tel que *AB* = 5,6 et *BC* = 7.

a. $AC = 9$. ☐
b. $AC = 17{,}64$. ☐
c. $AC = 4{,}2$. ☐

5 On sait que les droites (*EF*) et (*GH*) sont sécantes en *D*, les droites (*EG*) et (*FH*) sont sécantes en *O* et les droites (*EH*) et (*FG*) sont parallèles.

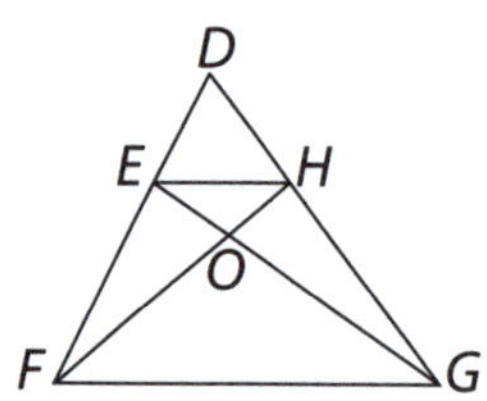

a. $\frac{DF}{DE} = \frac{EH}{FG}$. ☐
b. $\frac{DF}{DE} = \frac{OG}{OE}$. ☐
c. $\frac{DF}{DE} = \frac{EG}{EO}$. ☐

6 On sait que les points *R*, *I*, *K* et *N* sont alignés, les points *S*, *I*, *J* et *M* sont alignés, les droites (*RN*) et (*SM*) sont sécantes en *I*. Par ailleurs *IJ* = 3,2 ; *IM* = 6 ; *IK* = 2,4 ; *IN* = 4,5 ; *IR* = 3,6 et *IS* = 4,9.

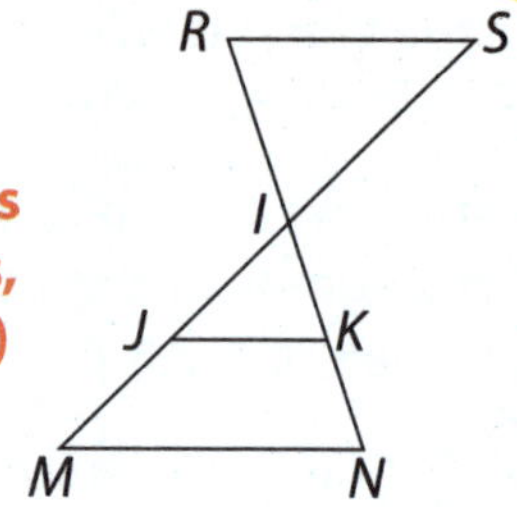

a. (*RS*) // (*JK*). ☐
b. (*JK*) // (*MN*). ☐
c. (*RS*) // (*MN*). ☐

Anglais

7 Les modaux sont toujours :

a. invariables. ☐
b. suivis d'un verbe conjugué. ☐
c. situés à la fin de la phrase. ☐

8 La phrase : *"Calvin isn't allowed to go to the cinema."* exprime :

a. une obligation. ☐
b. une interdiction. ☐
c. une incapacité. ☐

SVT

9 L'augmentation de la fréquence des allèles avantageux dans une population correspond à :

a. la dérive génétique. ☐
b. la sélection naturelle. ☐

Chimie

10 Lors d'une transformation chimique, il y a :

a. conservation des atomes. ☐
b. conservation des molécules. ☐
c. conservation de la masse totale. ☐

Total .... / 10

Séquence 7

Du neuf

Karen Lorient ne passe pas inaperçue. En seconde, pendant sa période post-punk du premier trimestre, elle avait un peu abusé de la crête rouge, du maquillage panda et des piercings. Voyager à l'étranger lui était interdit ; à son passage, les portiques de détection transformaient l'aéroport en vitrine de Noël. À chaque fois qu'en SVT, un point du programme abordait le thème des infections, Karen tirait la langue pour exhiber sa perle scintillante, ce qui provoquait chez la prof des haut-le-cœur prolongés.

Lorsqu'elle avait senti qu'on s'habituait à son look, elle en avait changé, optant pour un style gothique d'une sobre noirceur. Nous partagions la cour avec celle du collège. Parce qu'ils l'apercevaient pendant les récréations, les petits de sixième faisaient d'épouvantables cauchemars la nuit, se réveillant en sueur, hurlant que leur bahut était hanté. Durant cette période, Karen avait acquis une connaissance encyclopédique du rock gothique scandinave. Je ne souhaite à personne de partager cette passion. Elle m'avait prêté un CD. Au premier morceau, chez moi, toutes les vitres avaient explosé.

Là, j'ai failli ne pas la reconnaître. Elle était presque normale : jean avec des tongs, tee-shirt moulant et cheveux courts en brosse. Une sorte de Pink[1] qui revient de la plage. L'absence de maquillage mettait ses yeux verts en valeur.

Même Steve a sifflé, admiratif.

– Dis donc, t'a mis de l'eau dans ton look !

– Je me cherche un peu en ce moment, a-t-elle répondu avec un léger sourire.

Stéphane Daniel,
L'amour frappe toujours deux fois, Rageot, 2010.

1. *Pink (orthographié habituellement P!nk) est une chanteuse et actrice américaine.*

Lecture et compréhension

1 Vrai ou faux ? Entoure la bonne réponse.

a. Karen Lorient est actuellement en classe de seconde.	V	F
b. Durant la précédente année scolaire, elle a changé trois fois de look.	V	F
c. Ses nombreux piercings ont déclenché le système d'alarme d'un aéroport.	V	F
d. Elle a servi d'exemple au professeur de SVT.	V	F

2 Associe chaque style vestimentaire choisi par Karen à ce qui le caractérise.

post-punk •	• cheveux courts en brosse, tee-shirt moulant, jean
gothique •	• crête rouge, piercings
style « Pink » •	• vêtements et maquillage noirs

Vocabulaire

3 Indique à quel champ lexical appartiennent les mots de chaque liste. Entoure ceux qui sont du niveau de langue familier.

a. programme – prof – cour – collège – récréation – sixième – bahut → ....

b. maquillage – look – style gothique – jean – fringues – tongs – tee-shirt → ....

4 Souligne, dans le texte, tous les mots empruntés à la langue anglaise (les anglicismes).

avec de l'ancien

Orthographe

5 L'extrait a été réécrit avec *Karen et Vanessa* pour sujet. Écris les modifications nécessaires.

Karen et Vanessa ne passe.......... pas inaperçue..... En seconde, elle... av.......... un peu abusé...... de la crête rouge, du maquillage panda et des piercings. Voyager à l'étranger .... était interdit..... ; à .... passage, les portiques de détection transformaient l'aéroport en vitrine de Noël. À chaque fois qu'en SVT un point du programme abordait le thème des infections, Karen et Vanessa tir...................... la langue pour exhiber .... perle scintillante.

Grammaire

6 Entoure les modalisateurs dans chaque phrase.

a. Elle avait un peu abusé de la crête rouge.

b. La nuit, les petits de sixième faisaient d'épouvantables cauchemars.

c. Elle était presque normale.

d. Même Steve a sifflé, admiratif.

7 Pour chaque phrase, indique la figure de style employée : euphémisme, litote (figures d'atténuation) ; métaphore (figure d'analogie) ; hyperbole (figure d'exagération).

a. Karen ne passe pas inaperçue.

→ ....

b. Un style gothique d'une sobre noirceur.

→ ....

c. Karen avait acquis une connaissance encyclopédique du rock gothique scandinave.

→ ....

d. Une sorte de Pink qui revient de la plage.

→ ....

RAPPEL DE COURS

L'expression de la subjectivité

• Lorsque l'**énonciateur** intervient d'une manière ou d'une autre en donnant son opinion, on dit qu'il exprime sa **subjectivité**. Il peut ainsi mettre en avant son degré de certitude ou d'incertitude, ou bien indiquer ses sentiments, son adhésion ou son rejet vis-à-vis des idées qu'il énonce.

Ex. Je **doute** que le look de Karen plaise au prof ! Moi, je l'**adore**, même si je le **trouve excessif**.

Ainsi, il va produire un effet sur son **destinataire**, afin de l'amener à partager son avis ou son sentiment.

• Cette façon de s'impliquer dans son discours s'appelle **« la modalisation »**.

Les modalisateurs

• Les termes employés par l'**énonciateur** pour marquer sa **subjectivité** sont appelés « **modalisateurs** ».
- des adjectifs : certain, évident, douteux, vraisemblable, horrible, etc. ;
- des adverbes : presque, peut-être, heureusement, etc. ;
- des noms abstraits : l'éventualité, l'espoir, etc. ;
- des expressions et des constructions impersonnelles : quant à moi, à coup sûr, il est certain que, etc. ;
- des verbes d'opinion et de sentiment : croire, espérer, craindre, supposer, etc. ;
- des verbes semi-auxiliaires : devoir, falloir, etc. ;
- un mode verbal : le conditionnel ;
- un temps verbal : le futur antérieur ;
- un vocabulaire péjoratif ou mélioratif : épouvantable, merveilleux, etc. ;
- des figures de style : la comparaison, la métaphore, l'euphémisme, la litote, l'antiphrase, l'hyperbole, etc. ;
- la ponctuation et la typographie : les guillemets, le point d'exclamation, des mots en gras, etc. ;
- des interjections : hélas !, aïe !, etc.

Course

Jogging matinal

1 Un sportif a effectué une course à pied de 8 km pendant 50 minutes. La représentation graphique ci-contre décrit la fonction *d* qui, à la durée de parcours en min, associe la distance parcourue en km.

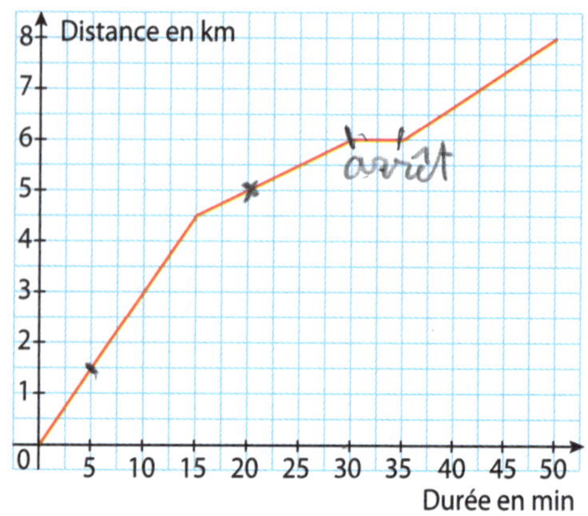

a **Quelle est l'image de 5 par la fonction *d* ?**

20

Que signifie concrètement ce résultat ?

il prend 20 min pour faire 5 Km

b **Quel est l'antécédent de 5 par la fonction *d* ?**

1,5

Que signifie concrètement ce résultat ?

qu'il prend 5 min pour fair 1,5 Km

c **Pendant sa course, ce coureur s'est-il arrêté ?**

Oui au km 6

Si oui, pendant combien de temps ? 5 min

d **Dans quelle partie de son parcours ce sportif a-t-il été le plus rapide ?**

du Km 0 au Km 4,5

e **Dans quelle partie de son parcours ce sportif a-t-il été le plus lent ?**

du Km 4,5 au Km 6

Que peut-on supposer pour ce tronçon de la course ?

RAPPEL DE COURS

Définitions

- Une **fonction** est un processus qui transforme un nombre de départ en un unique nombre d'arrivée.
- Les nombres de départ s'appellent des **antécédents**. Les nombres d'arrivée s'appellent des **images**.
- Souvent, on nomme une fonction avec une lettre, *f*, *g* ou *h*, par exemple.
- Par une fonction, un antécédent ne peut avoir qu'une seule image, mais une image peut avoir plusieurs antécédents.

Fonction définie par une formule

Ex. *f* est la fonction qui transforme x en $2x$.
On écrit $f : x \mapsto 2x$ ou $f(x) = 2x$.

- Pour trouver l'image d'un nombre, on remplace x par ce nombre dans la formule.

Ex. Soit $f(x) = 2x$.
L'image de 5 est 10 ou $f(5) = 10$,
car $f(5) = 2 \times 5 = 10$.

- Pour trouver le (ou les) antécédent(s) d'un nombre, on résout une équation.

Ex. Soit $f(x) = 2x$.
L'antécédent de 5 est 2,5 ou $f(2,5) = 5$,
car $2x = 5$ lorsque $x = 5 : 2 = 2,5$.

Fonction définie autrement que par une formule

Une fonction peut aussi être définie par un tableau de données, ou bien par une courbe.

de fond

Images de toutes sortes

2 Complète les phrases suivantes qui concernent une fonction *f*.

a Si 2 a pour image 3, alors $f(\text{2}) = \text{3}$

b Si 5 a pour antécédent 4, alors $f(\text{4}) = \text{5}$

c Si 1 est l'image de 8, alors $f(\text{1}) = \text{8}$

d Si 9 est l'antécédent de 7, alors $f(\text{7}) = \text{9}$

3 Le tableau ci-dessous donne les résultats d'audience des 6 premières semaines d'une émission de téléréalité en millions de téléspectateurs. On appelle *g* la fonction qui, au numéro de la semaine, associe l'audience de cette émission.

x	1	2	3	4	5	6
$g(x)$	6,5	7,6	8,4	6,3	5,2	3

antécédent
image

a **Détermine l'antécédent de 3 :** 6

Que signifie concrètement ce résultat ?

A de 3 = 6

b **Détermine l'image de 3 :** 8,4

Que signifie concrètement ce résultat ?

I de 3 = 8,4

c **L'émission n'a pas été programmée à la 7e semaine. Que peut-on supposer ?**

....

4 Sur une route sèche, la distance de freinage *d*, en m, d'un véhicule est fonction de sa vitesse *v*, en km/h.
On considère la fonction $d : v \mapsto d(v) = 0{,}005v^2$.

a **La distance de freinage est-elle proportionnelle à la vitesse ?**

d : 0,005²

....

b **La distance de freinage est-elle proportionnelle au carré de la vitesse ?**

....

....

L'EXO MÉMO

5 La courbe ci-dessous est la représentation graphique d'une fonction *f* :

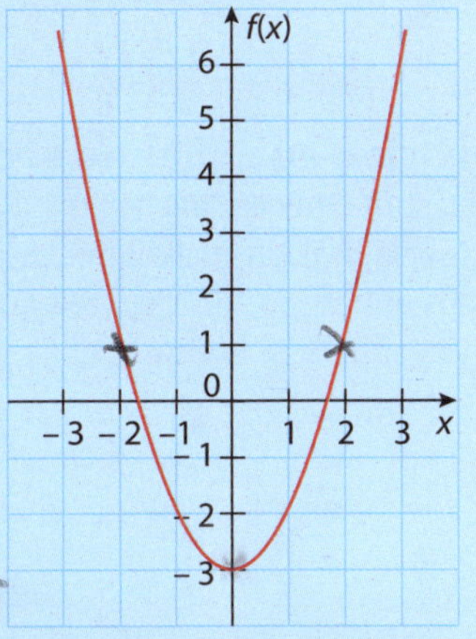

a **Détermine l'image de – 3.**

0

b **Détermine le (ou les) antécédent(s) de 1.**

2 ou -2

c **Détermine le (ou les) nombre(s) x tels que $h(x) = -3$.**

....

d **Détermine $h(1)$.**

....

RAPPEL DE COURS

Division euclidienne et diviseurs

• a et b sont deux entiers positifs, avec $b \neq 0$.
Effectuer la division euclidienne de a par b, c'est trouver les deux entiers positifs q et r tels que : $a = b \times q + r$, avec $r < b$ (q s'appelle le **quotient** et r le **reste**).

Ex. Division euclidienne de 17 par 3 :
dividende → 17 | 3 ← diviseur
reste → 2 | 5 ← quotient
Donc $17 = 3 \times 5 + 2$.

• Si le reste de la division euclidienne de a par b est nul, alors $a = b \times q$. On dit alors que b est un **diviseur** de a ou que a est un **multiple** de b.

Ex. $15 = 3 \times 5$, donc 3 et 5 sont des diviseurs de 15, et 15 est un multiple de 3 ou de 5.

Nombre premier

C'est un entier positif qui n'a que deux diviseurs : 1 et lui-même.

Produit de facteurs premiers

Tout nombre entier supérieur ou égal à 2 peut s'écrire comme un produit de facteurs premiers.

Ex. $60 = 2 \times 30 = 2 \times 2 \times 15 = 2 \times 2 \times 3 \times 5 = \mathbf{2^2 \times 3 \times 5}$.
$36 = 2 \times 18 = 2 \times 2 \times 9 = 2 \times 2 \times 3 \times 3 = \mathbf{2^2 \times 3^2}$.
Le Plus Grand Diviseur Commun (PGCD) de 60 et 36 est $\mathbf{2^2 \times 3}$, c'est-à-dire 12. Et **le Plus Petit Multiple Commun (PPCM) de 60 et 36** est $\mathbf{2^2 \times 3^2 \times 5}$, c'est-à-dire 180.
Pour le PGCD, il faut prendre les facteurs premiers communs aux 2 décompositions et, pour chacun d'eux, le plus petit exposant. Pour le PPCM, il faut prendre tous les facteurs premiers qui apparaissent dans les 2 décompositions et, pour chacun d'eux, le plus grand exposant.

Fraction irréductible

C'est une fraction dont le numérateur et le dénominateur n'ont pas de diviseur commun autre que 1.

Ex. Rendre irréductible la fraction 36/60.
$$\frac{36}{60} = \frac{\cancel{2} \times \cancel{2} \times \cancel{3} \times 3}{\cancel{2} \times \cancel{2} \times \cancel{3} \times 5} = \frac{3}{5}.$$

Croisière

À l'ombre des platanes

1 Cet été, Julien et sa famille ont découvert la Bretagne lors d'une croisière fluviale sur le canal de Nantes à Brest. L'un des tronçons de ce canal, long de 2 km, était bordé de chaque côté de magnifiques platanes régulièrement espacés de 8 m.

a **Effectue ci-contre la division euclidienne de 2 000 par 8.**

2 000 | 8

b **Complète l'égalité suivante :** $2\,000 = 8 \times$ ....

c **Que peut-on alors dire de 8 pour 2 000 ?**

....

d **Combien y a-t-il d'arbres plantés le long de cette partie du canal ?**

....

....

....

....

Attention ! Ne confonds pas le nombre d'espaces et le nombre d'arbres !

2 **Explique pourquoi 0 et 1 ne sont pas des nombres premiers.**

....

....

3 **a** **Décompose 48 en produit de facteurs premiers.**

....

b **Décompose 72 en produit de facteurs premiers.**

....

c **Quel est le plus grand diviseur commun de 48 et 72 ?**

....

d **Quel est le plus petit commun multiple de 48 et 72 ?**

....

fluviale

Casse-tête pour carreleur

4 Une piscine rectangulaire mesure 30 dm sur 54 dm.
Un carreleur doit recouvrir le fond de cette piscine avec des carreaux carrés dont le côté est un nombre entier de dm le plus grand possible et sans faire de découpes.

a Décompose 30 en produit de facteurs premiers.

....

b Décompose 54 en produit de facteurs premiers.

....

c Quel est le plus grand diviseur commun de 30 et 54 ?

....

d Quelle est donc la mesure en dm du côté des carreaux ?

....

e Combien faudra-t-il de carreaux pour recouvrir le fond de cette piscine ?

Ne confonds pas périmètre et aire d'un rectangle !

....

....

....

....

5 Rends irréductible la fraction $\frac{280}{224}$ en utilisant les décompositions en produit de facteurs premiers de 280 et 224.

....

....

....

....

....

L'EXO MÉMO

6 Louise souhaite réaliser une couverture en patchwork de forme carrée en cousant ensemble des rectangles de tissu de mêmes dimensions (longueur = 16 cm et largeur = 14 cm).

a Décompose 16 en produit de facteurs premiers.

....

....

b Décompose 14 en produit de facteurs premiers.

....

....

c Quel est le plus petit multiple commun de 16 et 14 ?

....

d Quelle est donc la mesure en cm du côté du plus petit carré possible que Louise pourra réaliser avec ces rectangles ?

....

e Combien de rectangles aura-t-elle besoin de coudre ensemble pour obtenir un tel carré ?

....

....

▲ *Garfield*,

Comprendre

1 Vrai ou faux ? Coche la bonne réponse.

a. Jon is being nice when he gives Garfield his belt. ☐ Vrai ☐ Faux

b. Garfield makes fun of Jon when he falls over. ☐ Vrai ☐ Faux

2 Trouve dans la BD les mots équivalents.

a. tomber → ....

b. pantalon → ....

c. ceinture → ....

d. gênant → ....

3 Relie les mots américains (à gauche) à leur synonyme anglais (à droite).

pants ●	● autumn
sneakers ●	● trousers
fall ●	● trainers

Mots et expressions

La suggestion

Pour suggérer quelque chose, on peut utiliser plusieurs expressions :

– Let's… : **Let's go to the cinema!**
Allons au cinéma !

– How about… : **How about an ice cream?**
Ça vous dit, une glace ?

– Shall… : **Shall we continue our visit?**
Nous continuons notre visite ?

A cat's life!

S'entraîner

4 **Donne quatre conseils à Garfield en utilisant les groupes de mots suivants :**

lose weight – eat so much
watch TV all day – be nice to Jon

a. Garfield, you ....

b. Garfield, you ....

c. Garfield, you ....

d. Garfield, you ....

5 **Entoure la forme verbale qui convient.**

a. Garfield ought to **be / been** careful when he is sleeping.

b. Jon shouldn't **gave / give** Garfield his belt.

c. Garfield shouldn't **slept / sleep** so much.

RAPPEL DE COURS

Should + base verbale

On utilise ***should*** pour **donner un conseil** ou pour **exprimer une opinion**.

> **Ex.** You **should** be careful!
> *Tu devrais faire attention !*

Ought to + base verbale

• ***Ought to*** a le **même sens que *should*** mais il a une **valeur plus morale**. Il est beaucoup moins utilisé que ***should***.

> **Ex.** You **ought to** stop smoking!
> *Tu devrais arrêter de fumer !*

• ***Ought to*** n'est **pas employé** dans les **phrases interrogatives**.

Had better + base verbale

• On utilise ***had better*** pour **exprimer un conseil que l'on a intérêt à suivre**. Sa **forme contractée** est ***'d better***. Il se conjugue de la même façon à toutes les personnes.

> **Ex.** It's going to snow so you **had better** be careful on the road. *Il va neiger, tu ferais donc mieux de faire attention sur la route.*

• À la **forme négative**, la négation ***not*** se place **après *better***.

> **Ex.** He had better **not** eat too much.
> *Il ferait mieux de ne pas trop manger.*

6 **Remets les mots dans l'ordre pour former des phrases.**

a. exercise / Garfield / for / health / his / . / should

....

b. go / . / Garfield / better / outside / for / walk / a / had

....

7 **Mets ces phrases à la forme négative.**

a. Garfield should use Jon's belt.

....

b. Garfield had better eat the pizza.

....

Le projet européen

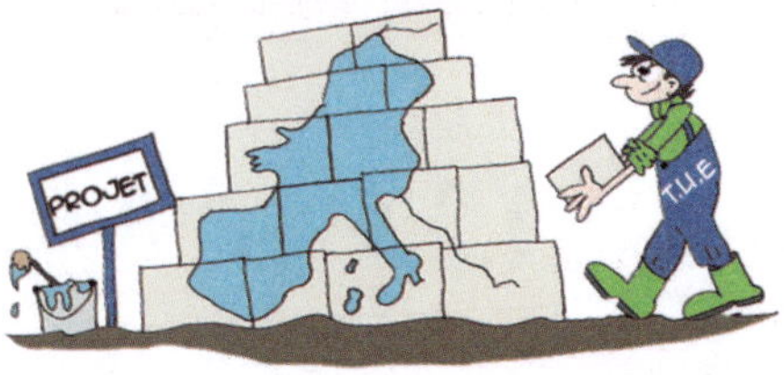

RAPPEL DE COURS

Les enjeux de la construction européenne

L'Union européenne a été créée par le **traité sur l'Union européenne (TUE) signé à Maastricht le 7 février 1992**. Elle est l'aboutissement du processus lancé par la *Déclaration Schuman*, le 9 mai 1950. Cette déclaration fixe les objectifs de la construction européenne lancée après la Seconde Guerre mondiale :
– assurer la paix grâce à la fin de « l'opposition séculaire de la France et de l'Allemagne » ;
– affirmer l'indépendance de l'Europe dans la Guerre froide entre les États-Unis et l'Union soviétique ;
– faire progresser le rang économique de l'Europe.

Les étapes de la construction européenne

• Le ministre français Robert Schuman appelle à la mise en commun des productions de charbon et d'acier de la France et de la République Fédérale d'Allemagne, au sein d'une Communauté européenne du charbon et de l'acier (CECA, 1951) ouverte aux autres pays d'Europe. Pour lui, la CECA est la première étape vers une **fédération européenne**. Par la suite, la **Communauté économique européenne** (CEE, 1957) vise la réalisation d'un **marché unique** grâce à la libre circulation des marchandises, des services et des capitaux. En même temps, ses adhérents conduisent des **politiques économiques communes** (ex. : la politique agricole commune).

• L'Union européenne approfondit encore les relations entre les États en instaurant une monnaie unique, **l'euro**, une **citoyenneté européenne** et une Politique étrangère et de sécurité commune (PESC).

• Parallèlement, la construction européenne s'élargit. On désigne par **élargissement** le processus par lequel de nouveaux États adhèrent à l'Union européenne. Depuis 1950, l'Union est passée de six membres à vingt-huit, puis à **vingt-sept aujourd'hui**, après la sortie du Royaume-Uni votée par référendum en 2016.

1 **Étudie la carte ci-dessous.**

Les 27 États qui forment l'UE en 2022
Commission européenne à Bruxelles
Parlement européen à Strasbourg
€ État dont la monnaie est l'euro en 2022

a. Combien de pays forment l'Union européenne en 2022 ? ....

b. Où sont situés les sièges de la Commission européenne et du Parlement européen ?

....

c. Combien de pays forment la zone euro en 2022 ? .....

2 « Sur le plan économique, l'Union européenne est perçue comme une construction solide. [...] L'harmonisation des réglementations nationales pour la création d'un marché commun étant une tâche impossible, elle a été obtenue par la mise en œuvre du principe de reconnaissance mutuelle à la suite de l'arrêt "Cassis de Dijon" pris par la Cour de justice des Communautés européennes (CJCE) en 1979 : "Tout produit légalement fabriqué et commercialisé dans l'un des États membres doit en principe pouvoir être introduit dans d'autres États membres" [...] À partir de cette décision, le cassis de Dijon[1] ne peut plus être exclu de la vente en Allemagne puisqu'il est autorisé en France. [...] Le marché commun est devenu une réalité en obligeant les États membres à se faire confiance. »

1. Liqueur fabriquée dans cette ville de Bourgogne.

Jean-François Drevet, « Une Europe en crise ? », *La Documentation photographique*, n° 8052, © La Documentation française.

a. Qu'a permis l'arrêt « Cassis de Dijon » dans le domaine de la circulation des marchandises ?

....

....

b. Quelle institution européenne a pris cet arrêt ? ....

c. En quoi cet arrêt est-il un progrès dans la construction européenne ?

....

Aménager les territoires

1 « 200 km de lignes automatiques, soit autant que le métro actuel, et 68 gares : le Grand Paris Express est le plus grand projet urbain en Europe ! […]
Les quatre nouvelles lignes du Grand Paris Express (15, 16, 17 et 18), ainsi que la ligne 14 prolongée au nord et au sud, seront connectées au réseau de transport existant. Essentiellement souterrain, le nouveau métro traversera les territoires du Grand Paris pour les relier entre eux et à la capitale. Grâce à lui, il sera plus simple de se rendre d'un point à l'autre de l'Île-de-France sans passer par Paris, mais aussi de rejoindre plus rapidement le cœur de la capitale depuis sa périphérie. Nouvelle alternative à la voiture, le Grand Paris Express réduira la pollution, les embouteillages et contribuera à créer une métropole plus respectueuse de l'environnement.
Le Grand Paris Express desservira les grands pôles d'activité (aéroports, centres d'affaires, centres de recherche et universitaires) et les territoires métropolitains aujourd'hui difficiles d'accès. Il rapprochera ainsi chacun de son lieu de travail et rendra plus agréables et plus rapides les trajets du quotidien. »

D'après le site Société du Grand Paris, 2018.

a. Résume en une phrase simple ce qu'est le Grand Paris Express (GPE).

....

b. À ton avis, pourquoi l'État assure-t-il l'essentiel du financement des travaux ?

....

2

La station balnéaire de Marina-Baie-des-Anges (à proximité de Nice).

a. Quel type d'aménagement touristique est photographié ?

....

RAPPEL DE COURS

Faciliter la mobilité : l'exemple du Grand Paris Express (GPE)

- Comment penser l'aménagement de la région Île-de-France, soit un territoire de 12 millions d'habitants et qui produit 30 % de la richesse nationale ? C'est le défi relevé par le **Grand Paris Express**.
- Concrètement, le projet repose sur le développement et la rénovation d'un **réseau de transport public de voyageurs pour la région Île-de-France**. Plus précisément, sur la construction de lignes de métros automatiques qui permettront de se déplacer de banlieue à banlieue sans passer par Paris. Sur ce tracé de transport, émergeront de nouveaux quartiers accueillant des logements, des **clusters** (espaces d'innovation créant des produits ou des services d'avenir) et des équipements culturels, en particulier autour de ces lieux structurants que sont les **gares** et les **aéroports**.

Développer le tourisme

- Le tourisme a commandé de grands travaux au cours des décennies 1960 à 1980. Les plus importants ont été pilotés par l'État central dans le cadre de la **politique d'aménagement du territoire**.
- Les espaces du tourisme de masse – l'Île-de-France, les littoraux méditerranéens, les Alpes du Nord – sont ainsi capables d'accueillir des millions de personnes. Pour cela, ils sont desservis par des voies de circulation à haut débit (autoroutes, lignes à grande vitesse) qui sont souvent saturées en périodes de vacances. La France est en effet la première destination du tourisme international, même si la crise sanitaire du Covid-19 marque un recul sans précédent des entrées.
- Les littoraux, les montagnes, les centres des villes historiques sont très convoités, non seulement par le tourisme, mais aussi par les autres activités. Les **lois Littoral et Montagne** fixent les règles d'aménagement de ces territoires particuliers pour éviter les **conflits d'usage**.

b. Sur quel littoral est-il localisé ? ....

c. Décris cet aménagement touristique.

....

BILAN de la séquence 7

Pour chaque question, coche la (ou les) bonne(s) réponse(s).
Ensuite, reporte-toi aux corrigés du livret détachable (page 19) et inscris ton score sur 10.

Français

1 Quel énoncé est neutre ?

a. L'été est l'une des quatre saisons. ☐
b. Je déteste les deux mois d'été. ☐
c. On préfère vraiment l'été à l'hiver. ☐

2 Dans quelle phrase trouve-t-on une hyperbole ?

a. On lui a dit mille fois de changer de look. ☐
b. Elle n'est pas laide coiffée ainsi. ☐
c. Avec ce maquillage, elle ressemble à un panda. ☐

Maths

3 Si *f* est une fonction telle que *f*(4) = 5, cela signifie que :

a. 5 est l'antécédent de 4. ☐
b. 5 est l'image de 4. ☐
c. 5 a pour image 4. ☐

4 *g* est une fonction telle que $g(x) = x^2 + 5$.

a. $g(-3) = 14$ ☐
b. $g(-3) = -14$ ☐
c. $g(-3) = -4$ ☐

5 La décomposition de 2 520 en un produit de facteurs premiers est :

a. $8 \times 9 \times 5 \times 7$. ☐
b. $2^3 \times 3^2 \times 5 \times 7$. ☐
c. $2 \times 3 \times 5 \times 7$. ☐

6 La fraction irréductible égale à $\frac{2^3 \times 3 \times 5}{2 \times 3^2 \times 7}$ est :

a. $\frac{5}{7}$. ☐
b. $\frac{120}{126}$. ☐
c. $\frac{20}{21}$. ☐

Anglais

7 On utilise *should* pour exprimer :

a. un conseil. ☐
b. une éventualité. ☐
c. une permission. ☐

8 Quelle phrase est correcte ?

a. He had better not put on weight. ☐
b. He had not better put on weight. ☐
c. He had better put not on weight. ☐

Histoire

9 L'Union européenne est créée en :

a. 1951. ☐
b. 1957. ☐
c. 1992. ☐

Géographie

10 La région Île-de-France concentre :

a. 10 millions d'habitants et 50 % du PIB. ☐
b. 12 millions d'habitants et 30 % du PIB. ☐
c. 30 millions d'habitants et 10 % du PIB. ☐

Total .... / 10

Séquence 8

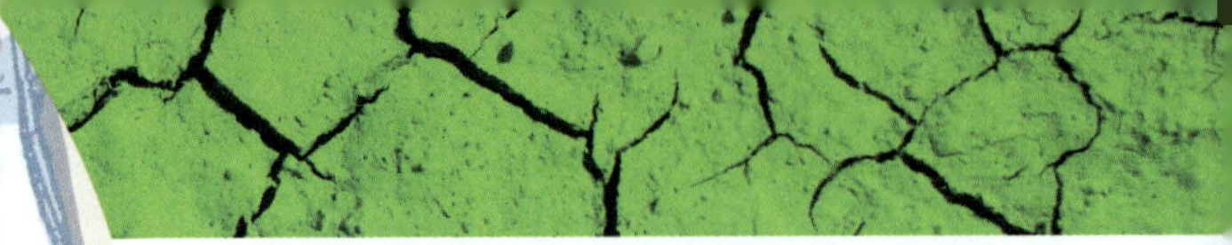

Canicule

Il a fait beau ces derniers jours
Il a fait chaud il a fait lourd
Mais c'est bizarre depuis hier
C'est le cagnard c'est le calvaire

Je suis à plat sur le carrelage
Et malgré ça je suis en nage
Dès que je bouge hanche ou mollet
Je vire au rouge ou au violet

J'ai branché ton ventilateur
Dans le salon. C'est une erreur
L'air qu'il diffuse est si plombé
Que si j'abuse je vais tomber

Pour m'aérer jusqu'à la moelle
Toute la journée je reste à poil
Même en maillot et même sans
J'ai chaud de dos j'ai chaud devant

J'aurais bien pris une douche glacée
Mais ma plomberie est encrassée
L'eau devient tiède et fait des bulles
Tu le concèdes c'est assez nul

La rue se fend et le bitume
Fond doucement d'ailleurs il fume
Comme un chauffe-eau comme un chaudron
Faut aimer l'odeur du goudron

Enfin parlons de toi, veux-tu ?
T'as des glaçons moi j'en ai plus
J'ai les cheveux secs à très secs
Qu'est-ce que tu veux je fais avec

J'aurais aimé finir ma lettre
Car tu l'aurais reçue peut-être
Mais mon stylo est tout mouillé
Je suis en eau je vais rouiller

Jeanne Cherhal,
Canicule, Éditions Tibia, 2006.

Lecture et compréhension

1 Entoure les bonnes réponses.

a. Ce texte est **une chanson** / **une épopée** / **un sonnet**.

b. Il est constitué de **4** / **6** / **8** strophes de **4** / **6** / **8** vers le plus souvent de **4** / **6** / **8** pieds (ou syllabes).

c. Les rimes sont **croisées** / **embrassées** / **suivies**.

Vocabulaire

2 Entoure en bleu les mots évoquant le froid et en rouge les mots évoquant la chaleur.

bise – canicule – combustion – étuve – fièvre – flocon – fournaise – fraîcheur – frimas – froidure
givre – hivernal – incandescence – patinoire – polaire – tiédeur – transi

Orthographe

3 Dans le texte suivant, choisis parmi les homonymes et entoure la bonne forme.

Ça / Çà alors ! **Ou / Où** te crois-tu ? Tes vêtements sont par terre, **ça / çà** et **la / là**, **sur / sûr** les meubles, **a / à** gauche et **a / à** droite… **Des / Dès** que j'ai le dos tourné, tu fais le **mur / mûr ou / où** tu dors toute la journée **a / à** même le carrelage… **Ça / Çà** ne peut plus durer, tu peux en être **sur / sûr** ! Tu as toujours **cru / crû** que je ne dirais rien, **mais / m'est** maintenant j'en ai assez ! Rien ne **t'ai/ t'est du / dû**… Lève-toi, habille-toi **et / est** range ta chambre !

Grammaire - Conjugaison

4 Entoure, dans le texte de Jeanne Cherhal, tous les connecteurs logiques qui mettent en valeur l'opposition et la concession.

5 Coche les phrases qui expriment l'opposition ou la concession.

- ☐ Jeanne est en vacances alors que son ami travaille.
- ☐ Elle est furieuse car la plomberie est encrassée.
- ☐ Il fait chaud mais elle ne peut pas se doucher.
- ☐ L'eau est tiède, sale et rare.
- ☐ Sa famille est donc partie à la piscine.
- ☐ Malgré son envie, elle ne la rejoint pas.
- ☐ Dès qu'il sera rentré du bureau, il réparera la plomberie.

6 Barre les formes verbales qui ne conviennent pas.

À force de t'activer comme cela, tu **deviendras / deviendrais** aussi rouge qu'une écrevisse. Si tu voyais ta tête, tu **comprendras / comprendrais** ce que je veux dire. Lorsqu'ils **auront / auraient** branché le ventilateur, nous **pourrons / pourrions** nous aérer. En attendant, tu **devras / devrais** boire davantage… Si tu en as envie, je **t'offrirai / t'offrirais** une glace !

RAPPEL DE COURS

L'expression de la condition, de l'opposition et de la concession

• On parle d'« **opposition** » quand deux faits opposés coexistent sans être contradictoires et de « **concession** » quand deux faits contradictoires coexistent en étant logiquement incompatibles.

> **Ex.** Opposition : Tu vas à la plage, moi je reste ici.
> Concession : J'ai chaud même en maillot.

• Dans une argumentation, la concession consiste à admettre une partie du raisonnement de son interlocuteur. On la fait suivre généralement d'une **objection**.

> **Ex.** Certes, il fait très chaud, mais il ne faut pas se laisser aller.

• On parle de « **condition** » quand une action est soumise à un fait pour se réaliser.

> **Ex.** Si la chaleur persiste, le temps deviendra orageux.

• On peut mettre en évidence ces rapports logiques en employant des **connecteurs logiques** (*mais, alors que, même, si, au cas où*, etc.).

Le conditionnel

➤ Trois temps

• Le conditionnel comporte :
– un temps simple : le **présent** (j'aim**erais**) ;
– deux temps composés : le **passé 1re forme** (j'**aurais** aimé) et le **passé 2e forme** (j'**eusse** aimé).

➤ Emploi du mode

• Dans une **phrase simple**, le mode conditionnel exprime :
– l'incertitude, le doute ou l'indignation (Moi, j'aurais menti !) ;
– l'atténuation (Il faudrait avancer) ;
– le souhait, le regret (J'aurais dû me taire) ;
– une éventualité (Il pourrait m'accompagner).

• Dans une **phrase complexe**, il exprime une action éventuelle soumise à une condition, elle-même exprimée par la subordonnée hypothétique à l'indicatif introduite par *si*.

> **Ex.** Si j'avais su, j'aurais pris un maillot.

RAPPEL DE COURS

Moyenne

Dans une série de données, la **moyenne** est égale au quotient de la somme des données par le nombre de données.

Ex. Voici la taille en mètres de 5 personnes : 1,88 ; 1,72 ; 1,77 ; 1,82 ; 1,76.
(1,88 + 1,72 + 1,77 + 1,82 + 1,76) : 5 = 8,95 : 5 = 1,79 ; la taille moyenne de ces 5 personnes est donc 1,79 m.

Étendue

Dans une série de données, l'**étendue** est la différence entre la plus grande donnée et la plus petite donnée.

Ex. Voici le temps de course en secondes de 5 athlètes lors d'un 200 m : 20,25 ; 20,12 ; 20,09 ; 20,69 ; 20,38.
L'étendue est 20,69 – 20,09 = 0,6. L'écart entre le premier athlète et le dernier est de 6 dixièmes de seconde.

Médiane

Dans une série de données **rangées dans l'ordre croissant, la médiane** est un nombre qui partage cette série en deux groupes de même effectif.

***Ex. 1* La série a un nombre impair de données.**
Voici une série de 13 notes, rangées dans l'ordre croissant : 7 ; 8 ; 9 ; 10 ; 10 ; 11 ; 11 ; 12 ; 13 ; 14 ; 14 ; 15 ; 17.
$13 = 2 \times 6 + 1$, on peut faire 2 groupes de 6 et la médiane est la 7e note, soit 11. Il y autant de notes inférieures ou égales à 11 que de notes supérieures ou égales à 11.

***Ex. 2* La série a un nombre pair de données.**
Voici une série de 12 notes, rangées dans l'ordre croissant : 8 ; 9 ; 10 ; 10 ; 11 ; 11 ; 12 ; 13 ; 14 ; 14 ; 15 ; 17.
$12 = 2 \times 6$, on peut faire 2 groupes de 6 et la médiane peut être tout nombre compris entre la 6e et la 7e note. Souvent, on prend la moyenne de la 6e et de la 7e note, soit (11 + 12) : 2 = 11,5.
Cela signifie qu'il y autant de notes inférieures ou égales à 11,5 que de notes supérieures ou égales à 11,5.

Étude

Mener l'enquête !

1 Le diagramme ci-contre illustre une enquête faite sur l'âge des 30 adhérents d'un club de badminton ; la barre correspondant aux adhérents de 16 ans a été effacée.

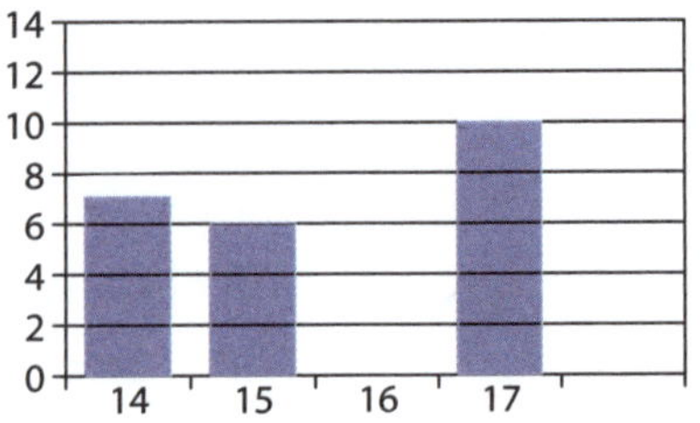

a **Calcule le nombre d'adhérents de 16 ans.**

30 − (7 + 6 + 10) = 7

b **Calcule l'âge moyen des adhérents du club. Arrondis au dixième près.**

Il n'y a pas qu'un seul adhérent de 14 ans, ni un seul adhérent de 15 ans…

$\frac{14 \times 7 + 15 \times 6 + 16 \times 7 + 17 \times 10}{30}$

≈ 15,67

c **Complète le tableau, puis le diagramme circulaire ci-dessous représentant la répartition des adhérents selon leur âge.**

Dans un diagramme circulaire, les angles sont proportionnels aux effectifs.

Âge	Nombre d'adhérents	Angle
14 ans	7	
15 ans	6	
16 ans	7	
17 ans	10	
Total	30	360°

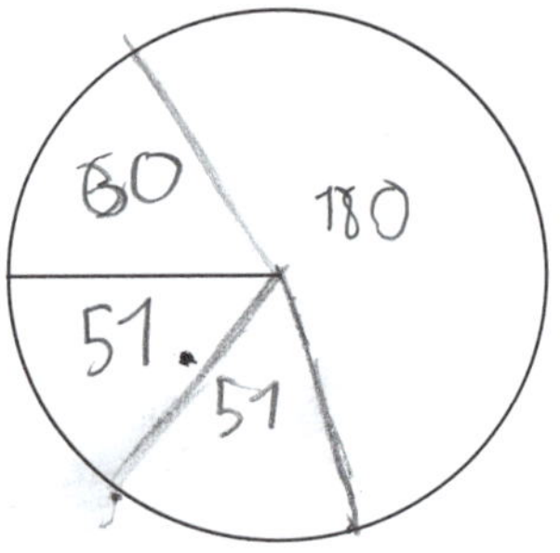

Reçu ou pas ?

2 Un examen comporte une épreuve orale de coefficient 4 et une épreuve écrite de coefficient 6. Chacune des épreuves est notée de 0 à 20. Pour être reçu, il faut obtenir au minimum 10 de moyenne.

de données

Un candidat a obtenu 13 à l'oral et 7 à l'écrit. **Prouve qu'il ne sera pas reçu, en calculant sa moyenne.**

Une note de coefficient n signifie qu'elle compte n fois.

Maman

3 On a demandé à des automobilistes le nombre de kilomètres qu'ils ont parcourus en un an. Ces données ont été regroupées ci-dessous en quatre classes.

Distance d en km	Centre des classes	Effectif
$0 \leqslant d < 5\,000$	2 500	25
$5\,000 \leqslant d < 10\,000$	7500	30
$10\,000 \leqslant d < 15\,000$	12500	265
$15\,000 \leqslant d < 20\,000$	17500	280

=600

Complète la colonne des centres de classe, puis calcule le nombre moyen de kilomètres parcourus en un an par ces automobilistes. Arrondis à l'unité près.

2500×25 + 7500×30 + 12500×265 + 17500×280
600
= 14167

Dans une série de données regroupées en classes, on calcule la moyenne en prenant comme valeurs les centres des classes.

4 Voici la taille en centimètres des joueurs d'une équipe de basket : 203 187 185 206 180
188 198 195 200 195 218 210

a **Calcule ~~l'étendue~~ médiane de cette série de tailles et interprète ton résulat.**

Commence par réécrire les tailles dans l'ordre croissant.

180 / 185 / 187 / 188 / 195 / 195 | 198 / 200 / 203 / 206 / 210 / 218
196,5 = médiane

b **Détermine la ~~médiane~~ étendue de cette série de tailles et interprète ton résultat.**

218 − 180 = 38

L'EXO COSTAUD

5 Le tableau suivant donne la série des tailles en centimètres d'un groupe de personnes.

Tailles	Effectifs	Effectifs cumulés
130	3	3
145	5	3 + 5 = 8
155	11	8 + 11 = 19
160	25	19 + 25 = 44
170	36	44 + 36 = 80
175	20	80 + 20 = 100
180	8	100 + 8 = 108
190	1	108 + 1 = 109

a **Complète la colonne des effectifs cumulés, puis aide-toi de cette colonne pour déterminer la médiane de cette série de tailles.**

b Un publicitaire recrute pour un casting les personnes de ce groupe dont la taille correspond à la taille médiane.

Calcule le pourcentage de personnes sélectionnées.

Arrondis à l'unité près.

Trouver

Glaces en tout genre !

1 Un marchand de glaces fait ses comptes à la fin de la journée. Il a vendu 150 cornets pour une recette de 355 € dont des cornets à une boule à 2 € l'unité et des cornets à deux boules à 3 € l'unité. Cependant, il n'a pas noté combien il a vendu de cornets de chaque sorte.
On appelle x le nombre de cornets à une boule et y le nombre de cornets à deux boules.

a **Exprime y en fonction de x.**

....

b **Traduis par une équation d'inconnue x l'information suivante : x glaces à 2 € + y glaces à 3 € = 355 €.**

....

c **Résous cette équation.**

....

d **Combien de glaces de chaque sorte ont été vendues par ce marchand ?**

....

....

2 **Un magasin de location de skis propose 2 tarifs :**
Tarif 1 : 15 € par jour pour la location d'une paire de skis.
Tarif 2 : un abonnement annuel de 40 €, puis 10 € par jour pour la location d'une paire de skis.
On note x le nombre de jours de location d'une paire de skis dans l'année.

a **Exprime en fonction de x le prix annuel payé avec le tarif 1 :** ....

b **Exprime en fonction de x le prix annuel payé avec le tarif 2 :** ....

c **Traduis par une inéquation l'information « le prix payé avec le tarif 2 est plus avantageux que le prix payé avec le tarif 1 », puis résous cette inéquation.**

Attention ! Le signe de l'inégalité change si on divise chaque membre par un nombre négatif.

....

....

RAPPEL DE COURS

Équation et inéquation à une inconnue

Une équation (ou une inéquation) à une inconnue est une égalité (ou une inégalité) dans laquelle intervient un nombre de valeur inconnue, désigné souvent par la lettre x. Résoudre une équation (ou une inéquation), c'est trouver **toutes les valeurs possibles du nombre x qui vérifient l'égalité (ou l'inégalité)**. Chacune de ces valeurs est une solution de l'équation (ou de l'inéquation).

Résoudre une équation ou une inéquation

On regroupe tous les termes en x dans un membre et les autres termes dans l'autre membre en changeant le signe des termes qui changent de membre.

Ex. Résoudre l'inéquation $4 - 5x < -2x - 1$.
$4 - 5x < -2x - 1$
$-5x + 2x < -1 - 4$
$-3x < -5$
$x > -5 : (-3) = \frac{5}{3}$

On divise par un nombre négatif, donc l'inégalité change de sens.

Tous les nombres supérieurs à $\frac{5}{3}$ sont solutions de l'inéquation.

Équation produit

On appelle « équation produit » une équation telle que son 1er membre est un produit de facteurs et son 2e membre est égal à 0.

Ex. Résoudre l'équation produit $(3x + 4)(2x - 5) = 0$.
Si un produit est nul, alors l'un, au moins, de ses facteurs est nul.
Donc $3x + 4 = 0$ ou $2x - 5 = 0$
$3x = -4$ $\quad$ $2x = 5$
$x = \frac{-4}{3}$ $\quad$ $x = \frac{5}{2} = 2{,}5$
$-\frac{4}{3}$ et 2,5 sont les solutions de l'équation produit.

l'inconnue

d **À partir de combien de jours de location par an, le prix payé avec le tarif 2 est-il plus avantageux que le prix payé avec le tarif 1 ?**

....

....

....

À longueur d'inconnues...

3 L'unité de longueur est le cm. Le triangle *IJK* ci-dessous est rectangle en *I*. **En utilisant le théorème de Pythagore, calcule les longueurs *IJ* et *JK*.**

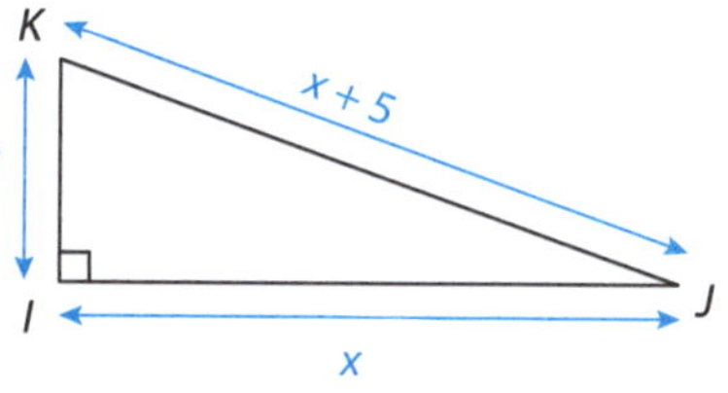

$(a+b)^2 = a^2 + 2ab + b^2$

....

....

....

....

....

....

....

....

4 L'unité de longueur est le cm. *ACB* est un triangle. Le point *D* appartient au segment [*AB*] et le point *E* appartient au segment [*AC*]. Les droites (*DE*) et (*BC*) sont parallèles.

En utilisant le théorème de Thalès, calcule la longueur *AE*.

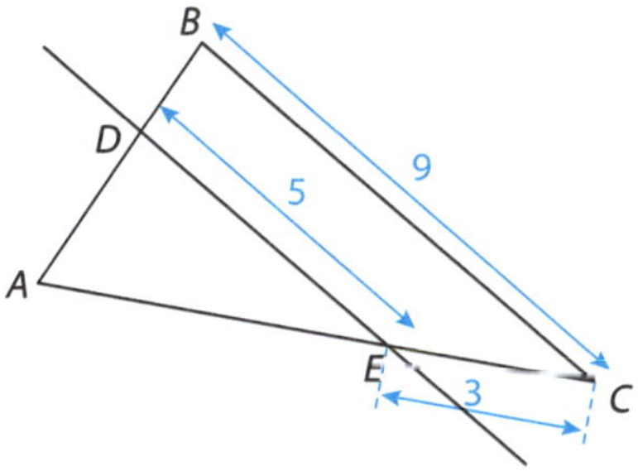

....

....

....

....

L'EXO COSTAUD

5 **Considérons le programme de calcul suivant.**

- Choisir un nombre.
- Soustraire 5 au nombre choisi.
- Élever au carré le nombre obtenu.
- Soustraire 16 à ce carré.
- Écrire le résultat.

On appelle x le nombre auquel on applique le programme de calcul et *R* le résultat de ce programme.

a **Exprime *R* en fonction de x :**

....

b **Factorise *R* et démontre que $R = (x - 9)(x - 1)$.**

Rappel : $a^2 - b^2 = (a+b)(a-b)$

....

....

c **Quels nombres peut-on choisir au départ pour que le résultat *R* soit nul ?**

....

....

L'EXO MÉMO

6 **Prouve que lorsque $x > 2{,}5$, alors $10 - 4x < 0$.**

Attention ! Le signe de l'inégalité change si on multiplie chaque membre par un nombre négatif.

....

....

....

The Royal

Kate Middleton and Prince William got married in 2011, after a long-lasting relationship. The wedding was held in Westminster Abbey, in London. Kate was a twenty-nine-year-old "commoner[1]" because she was raised in a middle-class environment. But Queen Elizabeth II made Kate an aristocrat; she is now Catherine, Duchess of Cambridge.

Kate and William had their first-born son, Prince George of Cambridge, in 2013. He is blond-haired and brown-eyed. He is named after his great-great grandfather King George, who was the Queen's father. Their second-born, in 2015, is Princess Charlotte of Cambridge. She is brown-haired and blue-eyed. A few years later, in 2018, they had their third child, Louis. He is blond-haired and brown-eyed like his elder brother.

The Cambridge royal children are third, fourth and fifth in line to succeed to the British throne of their great-grandmother, Queen Elizabeth II. They come after their paternal grandfather, Prince Charles, and their own father, Prince William. Prince Louis is the first British prince to be ranked behind his elder sister, Charlotte.

Even though Harry and Meghan Markle moved to the USA and stepped down as senior royals, Harry can still be king! He is sixth in line, he comes after his niece and nephews, and his son Archie and daughter Lilibet are seventh and eighth in line to the throne.

1. *roturière.*

Comprendre

1 Vrai ou faux ? Coche la bonne réponse et justifie ton choix en citant le texte.

a. Kate and William's relationship lasted a long time before they got married. ☐ Vrai ☐ Faux

→ ....

b. George is Kate and William's first child. ☐ Vrai ☐ Faux

→ ....

c. Charlotte can succeed to the throne. ☐ Vrai ☐ Faux

→ ....

d. Louis has blue eyes. ☐ Vrai ☐ Faux

→ ....

Mots et expressions

Les enfants royaux

first in line *en première ligne*
a first-born child *un premier né*
a son *un fils*
a daughter *une fille*
siblings *frères et sœurs*
succeed to the throne *succéder au trône*
get married *se marier*
give birth *donner naissance à un enfant*
have a child *avoir un enfant*
raise a child *élever un enfant*

2 Trouve dans le texte les mots équivalents aux mots suivants.

a. classe moyenne → ....
b. aux yeux marron → ....
c. aux cheveux clairs → ....
d. être classé → ....

heirs

S'entraîner

3 Relie les noms de la colonne de gauche à ceux de la colonne de droite pour former 4 noms composés. (Parfois, un trait d'union est nécessaire.)

grown •	• washer
dish •	• ache
living •	• up
head •	• room

4 Forme un adjectif à partir de chaque verbe.

a. open → ....

b. interest → ....

c. frighten → ....

5 Forme des groupes nominaux avec un adjectif composé à partir des définitions, comme dans l'exemple.

Ex. a pupil who works very hard → a hard-working pupil

a. a man who is 18 years old

→ ....

b. a boy who has good looks

→ ....

c. a story that breaks your heart

→ ....

6 Donne des définitions aux expressions suivantes.

Ex. A right-handed person is someone who writes with their right hand.

a. A good-natured boy is ....

b. A well-educated person is ....

c. A green-eyed girl is ....

RAPPEL DE COURS

Les noms composés

• Ils sont généralement **formés de deux ou trois éléments**. Le(s) premier(s) apporte(nt) des précisions sur le nom final.

• Formation :

– **nom** + **nom** ;

Ex. a bedroom *une chambre*

– **nom** + **nom** + **nom** ;

Ex. a ten-minute visit *une visite de dix minutes*

– **nom** + **verbe** + ***-er*** ;

Ex. a dog-walker *un promeneur de chien*

– **adjectif** + **nom** ;

Ex. a blackboard *un tableau noir*

– **verbe** + ***-ing*** + **nom**.

Ex. a sitting room *un salon*

• En général, c'est **le nom final** qui **porte la marque du pluriel**.

Les adjectifs composés

• Le premier élément apporte des précisions sur le second.

• Formation :

– **adjectif** ou **nom** + **adjectif** ;

Ex. dark red *rouge foncé*
seasick *qui a le mal de mer*

– **adverbe** ou **nom** + **participe passé** ;

Ex. well-educated *bien éduqué*
self-made *qui a réussi tout seul*

– **adjectif** ou **nom** ou **adverbe** + **verbe** + ***-ing*** ;

Ex. hard-working *travailleur*
breathtaking *époustouflant*
fast-running *qui court vite*

– **adjectif** ou **nom** + **nom** + ***-ed***.

Ex. blue-eyed *aux yeux bleus*
sapphire-colored *couleur de saphir*

• On peut aussi former des adjectifs en ajoutant *-ing* ou *-ed* à certaines bases verbales.

Ex. an educated person *une personne instruite*

• En anglais, **les adjectifs sont toujours invariables**.

Les réactions immunitaires

RAPPEL DE COURS

Vivre avec les microbes

Les **microbes** sont omniprésents dans l'environnement. La plupart sont inoffensifs, voire bénéfiques, mais d'autres sont **pathogènes**, c'est-à-dire qu'ils provoquent des maladies.

Vers l'infection

- Des **barrières naturelles** (peau, muqueuses) protègent notre organisme d'une contamination, mais celle-ci reste possible.
- Lorsque les micro-organismes pénètrent dans l'organisme, ils rencontrent des conditions favorables à leur multiplication : de façon autonome pour les **bactéries** ou en parasitant des cellules pour les **virus**. C'est le début de l'**infection**.

Les réactions immunitaires

Pour se défendre, l'organisme produit des cellules sanguines spécialisées dans la reconnaissance et l'élimination des microbes : les **leucocytes** ou **globules blancs**. Parmi ces cellules, on trouve les **phagocytes** et les **lymphocytes**, acteurs de nos défenses immunitaires.

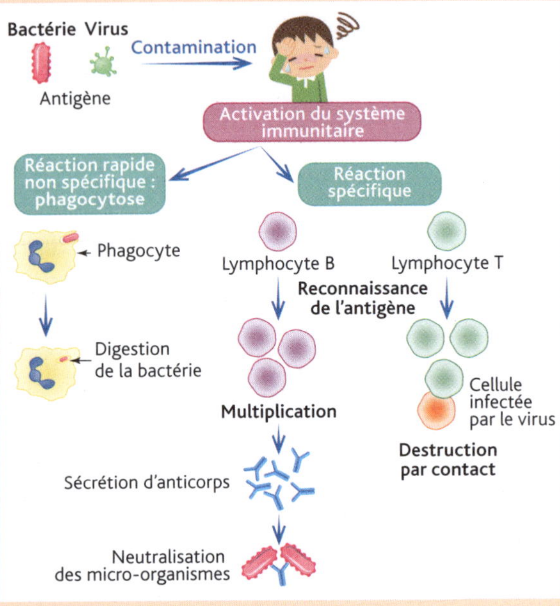

1 **Coche la (ou les) bonne(s) réponses.**

a. La phagocytose :
- [ ] consiste à digérer des cellules appelées phagocytes.
- [ ] se met en place après les autres réactions immunitaires.
- [x] est rapide et permet souvent d'éliminer les micro-organismes pathogènes.

b. Les anticorps :
- [x] sont des cellules immunitaires présentes dans le sang.
- [ ] sont des molécules capables de se fixer spécifiquement sur des antigènes.
- [ ] définissent, par leur présence, la séropositivité d'un individu.

2 **Classe les expressions suivantes dans le domaine auquel elles se rapportent.**

destruction des cellules infectées – sécrétion d'anticorps – phagocyte – réaction non spécifique – réaction spécifique – reconnaissance de l'antigène – digestion des micro-organismes pathogènes

a. La phagocytose : digestion des micro-organismes pathogènes
b. La défense (phagocyte) par les lymphocytes T : destruction des cellules infecté
c. La défense par les lymphocytes B : { reconnaissance de l'antigène
Sécrétion d'anticorp

3 Voici les principales étapes de la phagocytose : un phagocyte englobe et digère une bactérie avant d'expulser les déchets.

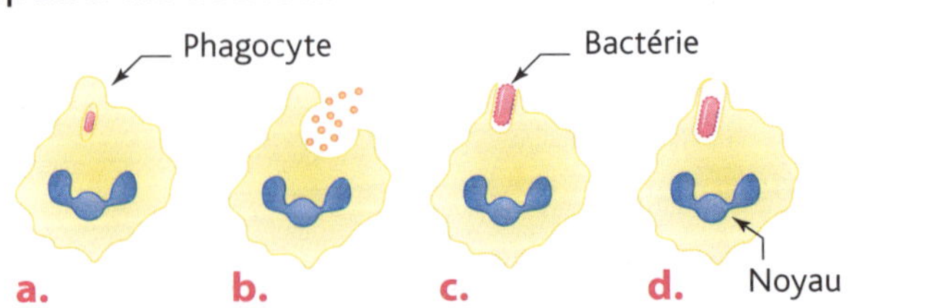

Replace ces croquis dans l'ordre chronologique.

c → d → a → b

Organisation dans l'Univers

1 **Quel modèle permet de décrire l'évolution de l'Univers depuis sa création ?**

....

2 **Classe les objets suivants par taille croissante.**

Terre – Amas – Voie lactée – Système solaire – Superamas

Terre → Système solaire → voie lactée

Amas → Superamas

3 **a. Quand le système solaire s'est-il formé ?**

4,6 milliard d'années

b. De quoi est-il composé ?

planètes, étoiles et éléments chimiques

c. Quelle est la position de la Terre dans le système solaire ?

150 M de kilomètres

4 La planète Neptune se situe à 4 500 × 10⁶ kilomètres du Soleil.

a. Convertis cette distance en unité astronomique.

30 u.a.

b. Compare la distance Soleil-Terre avec la distance Soleil-Neptune.

5 500 000 000 / 9 500 000 000

5 La nébuleuse du Crabe résulte de l'explosion d'une étoile qui a été observée sur Terre à partir de l'année 1054. Cette étoile est située à $5{,}985 \times 10^{16}$ kilomètres de la Terre.

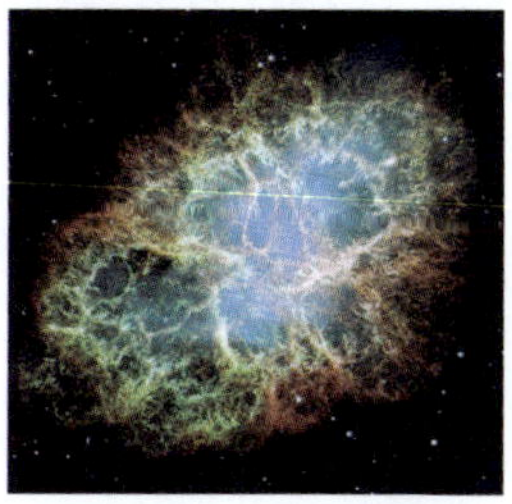

a. Exprime la distance qui sépare la nébuleuse du Crabe de la Terre en années lumière.

....

b. Détermine l'année à laquelle s'est produite l'explosion de cette étoile.

....

RAPPEL DE COURS

Description de l'Univers

- L'**Univers** est constitué de plusieurs centaines de milliards de **galaxies** réunies en amas. Les amas se regroupent en superamas.
- Notre Galaxie est appelée la **Voie lactée**.

Le système solaire

- Le **système solaire** s'est formé il y a environ 4,6 milliards d'années. Il est composé de **huit planètes** qui gravitent autour du Soleil.
- Entre le Soleil et les planètes règne le **vide**.

La matière dans l'Univers

Le **big-bang** est le modèle qui permet de décrire l'évolution de l'Univers depuis sa création ainsi que la formation des éléments chimiques qui le composent.

Distances dans l'Univers

- L'**unité astronomique** (u.a.) est l'**unité de longueur** utilisée pour mesurer les distances **dans le système solaire**. Elle correspond à la distance entre la Terre et le Soleil, soit 150 millions de kilomètres.

1 u.a. ≈ 150×10^6 km

- L'**année lumière** (a.l.) est l'**unité de longueur** utilisée pour mesurer les distances **dans l'Univers**. Elle correspond à la distance parcourue par la lumière en une année, soit 9 500 milliards de kilomètres.

1 a.l. ≈ $9{,}5 \times 10^{12}$ km

BILAN de la séquence 8

Pour chaque question, coche la (ou les) bonne(s) réponse(s).
Ensuite, reporte-toi aux corrigés du livret détachable (page 23) et inscris ton score sur 10.

Français

1 Coche le synonyme de « *chaleur* ».

a. Chanteur ☐
b. Touffeur ☐
c. Chalumeau ☐

2 Coche la phrase qui exprime l'opposition.

a. Tu as chaud, j'ai froid. ☐
b. Tu as chaud ; moi aussi. ☐
c. Tu as chaud : va te baigner. ☐

Maths

3 Voici une série de 7 nombres : 60 ; 59 ; 71 ; 59 ; 64 ; 54 ; 73.

a. La moyenne de cette série est 59. ☐
b. La médiane de cette série est 59. ☐
c. L'étendue de cette série est 19. ☐

4 Voici une série de 12 nombres : 7 ; 12 ; 15 ; 3 ; 5 ; 17 ; 1 ; 13 ; 4 ; 10 ; 6 ; 18.

a. L'étendue de cette série est 11. ☐
b. La médiane de cette série est 9. ☐
c. La médiane de cette série est 8,5. ☐

5 Les solutions de l'équation $(3x - 2)(7x + 1) = 0$ sont :

a. $-\frac{2}{3}$ et $\frac{1}{7}$. ☐
b. $\frac{2}{3}$ et $-\frac{1}{7}$. ☐
c. -1 et -8. ☐

6 Les solutions de l'inéquation $5 - 3x \leqslant 17$ sont tous les nombres x tel que :

a. $x \geqslant -4$. ☐
b. $x \leqslant -4$. ☐
c. $x \leqslant 8{,}5$. ☐

Anglais

7 En général, quel élément porte la marque du pluriel dans un nom composé ?

a. aucun des noms ☐
b. le premier nom ☐
c. le nom final ☐

8 On peut dire « *A boy who has good looks.* » ou bien :

a. a good looker boy. ☐
b. a good looked boy. ☐
c. a good-looking boy. ☐

SVT

9 Lors de la réaction spécifique à une infection, les lymphocytes qui interviennent sont :

a. les lymphocytes B. ☐
b. les lymphocytes T. ☐
c. les phagocytes. ☐

Physique

10 Les principaux constituants de l'Univers sont :

a. le carbone. ☐
b. l'hélium. ☐
c. l'hydrogène. ☐

Total .... / 10

Séquence 9

Complainte

Oui, dès l'instant où je vous vis,
Beauté féroce, vous me plûtes !
De l'amour qu'en vos yeux je pris,
Sur-le-champ vous vous aperçûtes ;
Mais de quel air froid vous reçûtes
Tous les soins que pour vous je pris !
Combien de soupirs je rendis ?
De quelle cruauté vous fûtes ?
Et quel profond dédain vous eûtes
Pour les vœux que je vous offris !
En vain je priai, je gémis :
Dans votre dureté vous sûtes
Mépriser tout ce que je fis.
Même un jour je vous écrivis
Un billet tendre que vous lûtes,
Et je ne sais comment vous pûtes
De sang-froid voir ce que je mis.
Ah ! fallait-il que je vous visse,
Fallait-il que vous me plussiez,
Qu'ingénument je vous le disse,
Qu'avec orgueil vous vous tussiez !
Fallait-il que je vous aimasse,
Que vous me désespérassiez,
Et qu'en vain je m'opiniâtrasse,
Et que je vous idolâtrasse
Pour que vous m'assassinassiez !

Alphonse Allais,
Complainte amoureuse, 1900.

Lecture et compréhension

1 Vrai ou faux ? Entoure la bonne réponse.

a. Le poète désigne la femme par le groupe nominal « *beauté féroce* ». V F
b. La femme ne s'est pas rendu compte du sentiment qu'elle inspirait. V F
c. Le poète lui reproche son orgueil et sa froideur. V F
d. Elle a cependant été touchée par le billet tendre qu'il lui a adressé. V F

2 a. Quelle est l'intention du poète ?

☐ Se faire plaindre par le lecteur. ☐ Amuser le lecteur.

b. Quel procédé emploie-t-il pour cela ?

☐ Il joue avec la polysémie des mots. ☐ Il emploie des temps inusités.

Vocabulaire

3 Associe les termes de langage soutenu à des synonymes plus courants.

un soin •	• une lettre
idolâtrer •	• naïvement
en vain •	• adorer
s'opiniâtrer •	• inutilement
un billet •	• s'entêter
ingénument •	• une gentillesse

amoureuse

Orthographe

4 Conjugue les verbes des premiers vers du poème en changeant les personnes.

Oui, dès l'instant où nous te v.................,
Beauté féroce, tu nous pl................. !
De l'amour qu'en tes yeux nous pr.................,
Sur-le-champ tu t'aperç................. ;
Mais de quel air froid tu reç.................
Tous les soins que pour toi nous pr................. !
En vain nous pri................., nous gém................. :
Dans ta dureté tu s.................
Mépriser tout ce que nous f............

Grammaire - Conjugaison

5 Conjugue les verbes entre parenthèses au subjonctif présent.

Ah ! faut-il que je vous **(voir)** ....,
Faut-il que vous me **(plaire)** ....,
Qu'ingénument je vous le **(dire)** ....,
Qu'avec orgueil vous **(se taire)** .... !
Faut-il que je vous **(aimer)** ....,
Que vous me **(désespérer)** ....,
Et qu'en vain je **(s'opiniâtrer)** ....,
Et que je vous **(idolâtrer)** ....
Pour que vous m' **(assassiner)** .... !

6 Entoure la forme verbale qui convient.

L'amoureux aimerait que sa bien-aimée l'**entend / entende** et le **voit / voie**. Mais elle refuse qu'il **gémit / gémisse** et qu'il **se plaint / se plaigne**. Elle veut qu'il **se tait / se taise**. Quoi qu'il **fait / fasse**, elle l'**exclut / exclue**. Comme il **est / soit** triste !

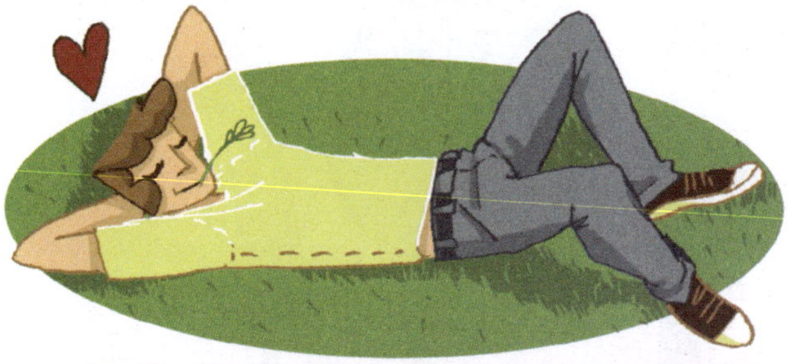

RAPPEL DE COURS

Le subjonctif : conjugaison

- Le subjonctif compte **deux temps simples** (le présent et l'imparfait) **et deux temps composés** (le passé et le plus-que-parfait), mais on emploie essentiellement le présent et le passé, car l'imparfait et le plus-que-parfait sont désormais inusités.
- Au **présent**, tous les verbes (sauf *être* et *avoir*) se terminent par ***-e***, ***-es***, ***-e***, ***-ions***, ***-iez***, ***-ent***.
- Le **passé** du subjonctif est formé de l'auxiliaire *avoir* ou *être* au présent du subjonctif et du participe passé du verbe conjugué.

> ***Ex.*** Partir : que je **sois** parti(e), que tu **sois** parti(e), qu'il (elle) **soit** parti(e), que nous **soyons** parti(e)s, que vous **soyez** parti(e)s, qu'ils (elles) **soient** parti(e)s
> Écrire : que j'**aie** écrit, que tu **aies** écrit, qu'il **ait** écrit, que nous **ayons** écrit, que vous **ayez** écrit, qu'ils **aient** écrit

Valeurs et emplois

- Le subjonctif est le mode des actions voulues, désirées mais qui ne vont pas forcément se réaliser. Il indique l'**éventualité**.

> ***Ex.*** Elle **viendra** (indicatif) demain.
> (L'action est ici envisagée comme une certitude.)
> Il est possible qu'elle **vienne** (subjonctif) demain.
> (L'action se présente comme une éventualité.)

- Le subjonctif est employé dans :
– les propositions indépendantes : Qu'il se **taise** !
– les subordonnées conjonctives COD, après un verbe de volonté, de doute, de souhait ou de sentiment : Il souhaite qu'elle **soit** plus gentille.
– les subordonnées circonstancielles, après certaines conjonctions de subordination : Il lui écrit pour qu'elle **comprenne** ses sentiments.
– les subordonnées relatives contenant une nuance d'intention, de but recherché : Il cherche quelqu'un qui **puisse** l'écouter.

Jeux

RAPPEL DE COURS

Définitions

- Une expérience est dite **aléatoire** lorsqu'elle a plusieurs résultats ou issues possibles et que l'on ne peut pas prévoir avec certitude quel résultat se produira.

Ex. Le lancer d'un dé à 6 faces numérotées de 1 à 6.

- À partir d'une expérience aléatoire, on peut définir des **événements** qui sont des ensembles de résultats.

Ex. « obtenir un multiple de 3 » est un événement.

- Pour une expérience aléatoire, on peut déterminer par un quotient la « chance » qu'un événement a de se produire. Ce quotient est appelé la **probabilité** de cet événement.

Ex. On a 2 chances sur 6 d'obtenir un multiple de 3 : 3 ou 6.
La probabilité de cet événement est donc égale à $\frac{2}{6}=\frac{1}{3}$.

- L'**événement contraire** d'un événement *A* est l'événement *non A*.

Propriétés

- La probabilité d'un événement est comprise entre 0 et 1.
- La somme des probabilités de tous les résultats d'une expérience aléatoire est égale à 1.
- Si *p* est la probabilité d'un événement, alors $1 - p$ est la probabilité de l'événement contraire.

Expérience à deux épreuves

Ex. Le lancer deux fois de suite d'un dé.
On note *T* l'événement « obtenir un multiple de 3 » et *non T* son événement contraire.

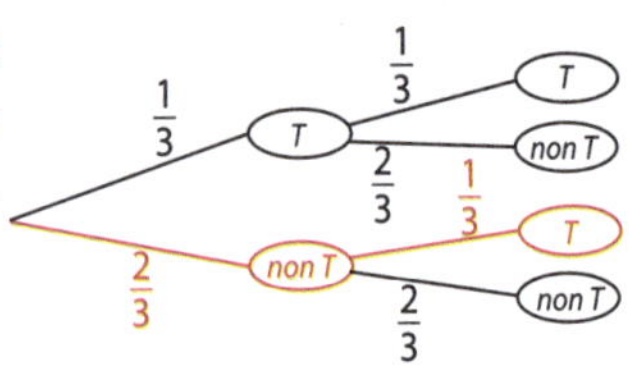

La branche en rouge représente l'événement *non T* au 1er lancer et *T* au 2e lancer. La probabilité de cet événement est égale à $\frac{2}{3}\times\frac{1}{3}=\frac{2}{9}$.

Prends-toi au jeu !

1 Pour financer son projet, une association organise un loto. Les participants achètent des cartons comme ci-dessous, de 27 cases, avec 12 cases vides et 15 cases numérotées de 1 à 90.
Le meneur de jeu tire au sort une des 90 boules numérotées et placées dans un boulier.
Il annonce à l'assemblée le numéro, puis dépose ensuite cette boule à côté du boulier.
À l'annonce du numéro tiré, chaque participant vérifie si le numéro tiré figure sur l'un des cartons qu'il a achetés. Si tel est le cas, il met donc un jeton sur la case correspondante.

	12		35		54		74	87
2	15	23			58		75	
7		27		42		63		90

a La partie commence. **Prouve que la probabilité que le 1er numéro tiré soit sur le carton ci-dessus est égale à $\frac{1}{6}$.**

....

....

....

b La partie continue. Le meneur de jeu a déposé à côté de son boulier les numéros suivants :

8 – 10 – 23 – 59 – 75 – 87.

Prouve que la probabilité que le prochain numéro tiré soit sur le carton ci-dessus est égale à $\frac{1}{7}$.

....

....

....

2 Un jeu de 32 cartes est composé de quatre couleurs : trèfle, carreau, cœur et pique.
Chaque couleur est composée de huit cartes : sept, huit, neuf, dix, valet, dame, roi, as.

de hasard

Chaque carte possède la même probabilité d'être tirée. On tire au hasard une carte et on la remet dans le jeu avant d'effectuer tout autre tirage.

Réponds aux cinq questions posées dans le tableau suivant. Pour chacune, trois réponses sont proposées mais une seule est exacte.

Questions	Réponse 1	Réponse 2	Réponse 3	Réponse choisie
a La probabilité de tirer un cœur est égale à :	1/4	1/8	1/32	....
b La probabilité de tirer un valet est égale à :	1/4	1/8	1/32	....
c La probabilité de tirer le valet de cœur est égale à :	1/4	1/8	1/32	....
d La probabilité de tirer un cœur ou un valet est égale à :	12/32	11/32	1/6	....
e La probabilité de tirer un trèfle ou un carreau ou un cœur ou un pique est égale à :	0	1/4	1	....

Ne laisse rien au hasard !

3 Quand on lance une pièce, il y a 2 issues possibles : « Pile » ou « Face ».

Si l'issue est « Pile », on note P le résultat obtenu et si l'issue est « Face », on note F le résultat obtenu.

Quand on lance une pièce trois fois de suite, il y a 8 issues possibles, comme par exemple :

(P, F, P), signifiant qu'on obtient « Pile » au 1er lancer, « Face » au 2e lancer et « Pile » au 3e lancer.

a Trouve les 8 issues possibles.

Tu pourras construire un arbre pour trouver toutes les issues.

....

....

....

b Quelle est la probabilité de ne pas obtenir une seule fois « Face » ? ....

c Quelle est la probabilité d'obtenir exactement une fois « Face » ? ....

L'EXO MÉMO

4 Dans une urne, il y a cinq boules rouges, deux boules bleues et une boule verte, qu'on ne peut pas différencier au toucher. On tire successivement et sans remise deux boules.

a Complète l'arbre ci-dessous en indiquant les probabilités de chaque branche.

Attention ! Pas de remise, il restera donc 7 boules au second tirage !

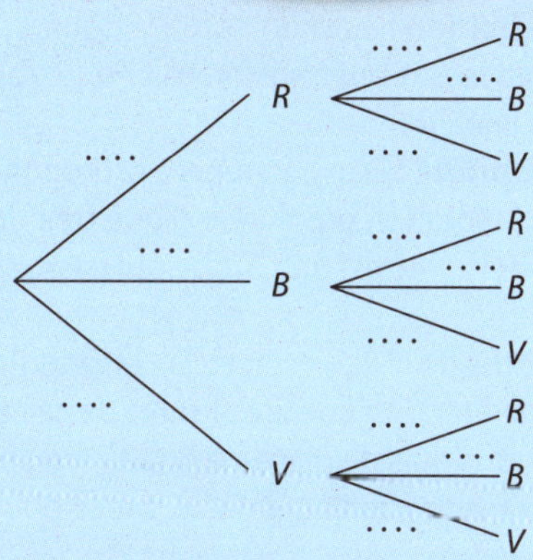

b Prouve que la probabilité de tirer deux boules de la même couleur est $\frac{11}{28}$.

• Probabilité de tirer 2 boules rouges =

....

• Probabilité de tirer 2 boules bleues =

....

• Probabilité de tirer 2 boules vertes =

....

• Probabilité de tirer 2 boules de la même couleur =

....

Baignade

Ça ne manque pas de volume !

1 Pour l'été, une famille a installé une piscine gonflable sur son terrain.

a **Sachant que cette piscine a une longueur de 3 m, une largeur de 2 m et une profondeur de 0,54 m, combien faut-il de m³ d'eau pour la remplir complètement ?**

Rappel : Volume = Longueur × largeur × profondeur.

....

....

V= 3×2 ×0,54   V= 3,24 m³

b Quelques jours seulement après avoir été remplie, cette piscine s'est percée.
Son niveau d'eau s'est donc mis à baisser régulièrement de 1,5 cm par heure.

Démontre que la fonction *f* qui, à la durée x d'écoulement de l'eau en heures, associe la quantité $f(x)$ d'eau écoulée en m³ est une fonction linéaire.

Attention aux unités !

....

....

....

....

c **Démontre que la fonction *g* qui, à la durée x d'écoulement de l'eau en heures, associe la quantité $g(x)$ d'eau restant dans cette piscine en m³ est une fonction affine.**

....

....

....

....

2 L'eau en gelant augmente de volume. Le segment de droite ci-après (p. 95) représente le volume de glace (en litres) obtenu à partir d'un volume d'eau liquide (en litres). **Le volume de glace est-il proportionnel au volume d'eau liquide ? Justifie.**

RAPPEL DE COURS

Fonction linéaire

- **Définition :** a est un nombre donné.
Le processus qui transforme x en ax s'appelle une fonction linéaire.
- **Propriété :** Dans un repère orthogonal d'origine O, la représentation graphique d'une fonction linéaire f telle que $f(x) = ax$ est une droite qui passe par l'origine O du repère.
- **Méthode :** Pour tracer la représentation graphique d'une fonction linéaire, il suffit de calculer l'image d'un nombre, puis de placer le point correspondant, et enfin de tracer la droite qui passe par ce point et par l'origine du repère.
- **Remarque :** Avec une fonction linéaire, les images sont proportionnelles aux antécédents.

Fonction affine

- **Définition :** a et b sont 2 nombres donnés.
Le processus qui transforme x en $ax + b$ s'appelle une fonction affine.
- **Propriété :** Dans un repère orthogonal, la représentation graphique d'une fonction affine g telle que $g(x) = ax + b$ est une droite qui coupe l'axe des ordonnées.
- **Méthode :** Pour tracer la représentation graphique d'une fonction affine, il suffit de calculer les images de 2 nombres, puis de placer les 2 points correspondants et enfin de tracer la droite qui passe par ces 2 points.
- **Détermination d'une fonction affine g telle que $g(x) = ax + b$:** Il suffit de déterminer a et b.
Si on te donne deux nombres distincts x_1 et x_2 ainsi que leurs images $g(x_1)$ et $g(x_2)$ alors, $a = \dfrac{g(x_1) - g(x_2)}{x_1 - x_2}$.
On détermine ensuite b par : $b = g(x_1) - a\,x_1$.

rafraîchissante

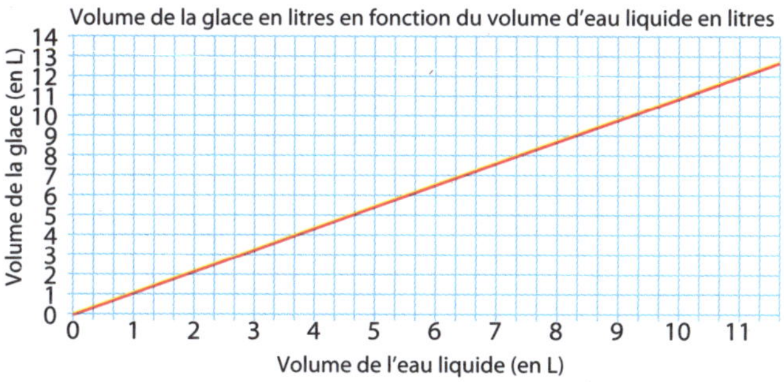

....

....

....

....

Des exercices qui font le poids...

3 On peut calculer ce qu'on appelle le poids idéal d'une personne à l'aide de la fonction h telle que :
$h(x) = x - 100 - 0{,}25(x - 150)$, où x représente la taille de cette personne et $h(x)$ son poids idéal en kg.

Démontre que h est une fonction affine.

....

....

....

4 Lorsqu'on suspend une masse de 20 g à un ressort, il mesure 8 cm et lorsqu'on y suspend une masse de 60 g, il mesure 10 cm. La fonction qui, à la masse suspendue, associe la longueur de ce ressort est une fonction affine k telle que $k(x) = ax + b$, où x représente la masse en g et $k(x)$ la longueur en cm.

a **Démontre que $k(x) = 0{,}05x + 7$.**

....

....

....

b **Combien mesure ce ressort lorsqu'on n'y suspend aucune masse ?**

....

....

L'EXO MÉMO

5 Une station de ski propose les tarifs suivants pour la saison :

Tarif A : chaque journée de ski coûte 20 €.

Tarif B : en adhérant au club des sports dont la cotisation annuelle s'élève à 60 €, on bénéficie d'une réduction de 30 % sur le prix de chaque journée à 20 €.

a Un adhérent a déjà payé sa cotisation annuelle. **Explique pourquoi il devra payer 14 € par journée de ski.**

....

....

....

b Un adhérent a dépensé au total 242 €. **Combien de jours a-t-il skié ?**

....

c On appelle x le nombre de journées de ski effectuées durant la saison, f la fonction qui à x associe le coût de la saison pour un skieur ayant choisi le tarif A et g la fonction qui à x associe le coût de la saison pour un skieur ayant choisi le tarif B. **Exprime $f(x)$ et $g(x)$ en fonction de x.**

....

....

....

d **Sur papier millimétré, représente graphiquement les fonctions f et g dans un repère.**
Tu choisiras pour unités : 1 cm pour un jour de ski en abscisse et 1 cm pour 20 € en ordonnée.

An incredible

Joanne Kathleen Rowling, who is better known as J. K. Rowling, is the British author of the seven *Harry Potter* books, **which** have been made into eight films (two movies for the last book). She imagined the story of a young boy whose name is Harry Potter, attending a school of witchcraft **where** he learns to be a wizard, while she was travelling on a train in 1990. In the five years following this trip, she outlined[1] the plots for the seven novels and began writing the first book.

Some of the characters' feelings are based on J. K. Rowling's experiences in life: for example, Harry's feelings of loss are based on her own feelings when her mother died. Also, the Dementors[2], who are soul-sucking creatures[3], were created when she felt depressed in 1993 after her marriage ended. J. K. Rowling, who has had difficult moments in her life and whose manuscript was turned down[4] by several publishers, went from living on social welfare[5] to being a millionaire in five years… all thanks to Harry Potter, who completely changed her life!

1. **outline :** *exposer brièvement.* 2. *les Détraqueurs.*
3. **soul-sucking creatures :** *des créatures qui aspirent l'âme.*
4. **turn down :** *rejeter.*
5. **social welfare :** *les aides de l'État.*

Le sais-tu ?
Depuis 1991, il existe, en Islande, une école très spéciale consacrée exclusivement à la recherche sur les elfes et autres peuples invisibles et à leur étude. 8 000 personnes ont déjà obtenu leur diplôme !

Comprendre

1 Lis le texte et réponds aux questions.

a. Who wrote the *Harry Potter* book series? ....

b. How many books have been made into films? ....

c. Where was the author when she had the idea of writing *Harry Potter*? ....

2 Quels noms reprennent les pronoms qui figurent en gras dans le texte ?

a. which (l. 3) → ....

b. where (l. 7) → ....

3 Relie les noms anglais de la série *Harry Potter* à leur équivalent français.

Tom Marvolo Riddle •	• Poudlard
Slytherin •	• Rogue
Muggles •	• Tom Elvis Jedusor
Hogwarts •	• Moldus
Snape •	• Serpentard

Mots et expressions

Écrire un livre

a writer *un écrivain*
a publisher *un éditeur*
a publishing house *une maison d'édition*
writing *écriture*
a novel *un roman*
a short story *une nouvelle*
the storyline *l'intrigue*
the main character *le personnage principal*
the villain *le méchant*
royalties *les droits d'auteur*

story!

S'entraîner

4 Complète les phrases avec le pronom relatif qui convient.

a. Hogwarts is the school .... Harry learns magic.

b. Professor Snape is the wizard .... potion book Harry found.

c. Hermione, ... is very intelligent, is the best student in her class.

5 Relie chaque proposition principale à la subordonnée qui la complète.

a. Voldemort is the worst wizard •	• who is very nice.
b. Hagrid lives in a hut •	• who has ever existed.
c. Professor Lupin is a werewolf •	• which is in the school grounds.

6 Ajoute, comme dans l'exemple, une proposition relative utilisant les éléments entre parenthèses.

Ex. Hermione is the girl (parents / Muggles).
→ Hermione is the girl whose parents are Muggles.

a. Ron is the boy (**parents / poor**).

....

b. Dumbledore is the headmaster (**wand / very powerful**).

....

....

7 Construis, comme dans l'exemple, une phrase contenant une proposition relative introduite par *who* ou *which*.

Ex. Hedwig is Harry's owl. She is a messenger.
→ Hedwig, who is a messenger, is Harry's owl.

a. Harry's broomstick is a Nimbus 2000. It is the fastest in the school.

....

b. Sirius Black is Harry's godfather. He was a friend of Harry's father.

....

RAPPEL DE COURS

Les subordonnées relatives

Elles sont introduites par des **pronoms relatifs** qui **remplacent des antécédents** et **relient deux propositions**.

Les pronoms relatifs

– ***Who*** remplace un groupe nominal (GN) animé.

Ex. The friends **who** help Harry are Hermione and Ron.
Les amis qui aident Harry sont Hermione et Ron.

– ***Which*** remplace un GN inanimé.

Ex. He goes to Hogwarts, **which** is a school.
Il entre à Poudlard, qui est une école.

– ***That*** remplace un GN animé ou inanimé.

Ex. The wand **that** is on the table.
La baguette magique qui est sur la table.

– ***Whose*** (« dont ») remplace un GN animé ou inanimé.

Ex. Harry is the wizard **whose** forehead has a scar. *Harry est le sorcier dont le front est marqué d'une cicatrice.*

– ***Where*** remplace un GN qui fait référence à un lieu.

Ex. Hogwarts is the school **where** he met Ron.
Poudlard est l'école où il a rencontré Ron.

– ***When*** remplace un GN qui fait référence à un événement ou à un moment.

Ex. It was the year **when** everything began.
C'est l'année où tout a commencé.

– ***What*** (« ce que, ce qui ») n'a pas d'antécédent mais annonce quelque chose.

Ex. Harry doesn't know **what** he wants to do.
Harry ne sait pas ce qu'il veut faire.

Le suffixe *-ever*

On peut ajouter le suffixe *-ever* aux pronoms relatifs *who, which, where, when* et *what*.

Ex. Whenever you want! *Quand tu veux !*
Wher**ever** she goes, I'll go too. *Où qu'elle aille, j'irai aussi.*

La République française après 1945

RAPPEL DE COURS

Une République plus juste et plus démocratique à la Libération

- L'action du Gouvernement provisoire de la République française (GPRF), dirigé par **Charles de Gaulle**, s'appuie sur le programme du **Conseil national de la Résistance (CNR)**, élaboré pendant la guerre :
– **nationaliser** les secteurs clés de l'économie ;
– rétablir la représentation syndicale des salariés dans les entreprises, supprimée par le régime de Vichy ;
– inventer un système complet de **sécurité sociale** pour assurer à tous les citoyens des moyens d'existence.
- Les Français veulent revenir à la démocratie après l'expérience autoritaire du régime de Vichy. C'est pour cela qu'ils choisissent, par référendum en 1946, un **régime parlementaire**. Dans le même esprit, le corps électoral est élargi puisque **le droit de vote est donné aux Françaises en 1944**.

La révision du régime républicain en 1958

- Les nouveautés de la Ve République visent à **inverser le rapport de forces entre les pouvoirs**, jusque-là favorable à l'Assemblée nationale au détriment du pouvoir exécutif, et considéré comme une cause d'instabilité gouvernementale.
- Le **renforcement du pouvoir exécutif** repose sur deux nouveautés :
– le président de la République acquiert une indépendance par rapport à l'Assemblée nationale. Après 1962, il n'est plus **élu** par elle, mais **directement par les citoyens**. Il dispose de pouvoirs exclusifs dans les domaines de la défense et des affaires étrangères ;
– la possibilité, pour le président de la République, de consulter directement le peuple par **référendum** pour l'adoption de certaines lois, la ratification des traités internationaux et l'approbation des révisions de la Constitution.

1

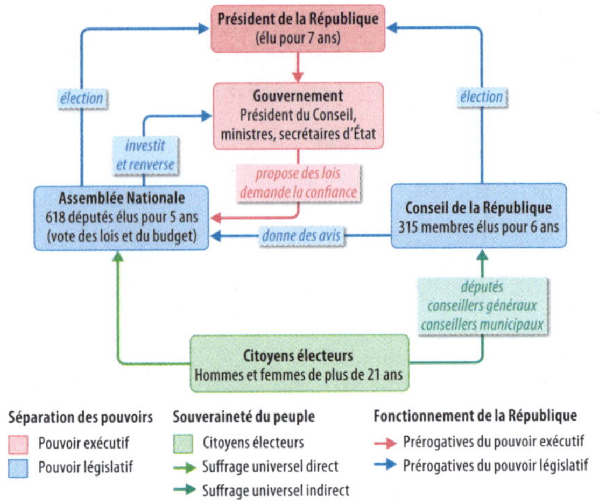

Les institutions de la IVe République

Pourquoi peut-on dire que la Constitution de la IVe République établit un régime démocratique ? Donne deux arguments.

....

....

2 De Gaulle s'exprime sur la Ve République : « En 1958, j'ai fait approuver ces institutions (celles de la Ve République) par le peuple, à une majorité comme on n'en avait jamais vu dans l'histoire de la République. Elles ont fait leurs preuves. Avec elles, nous avons traversé des drames qui auraient emporté dix fois les précédentes Républiques [...]. Nous avons réalisé un changement complet de nos relations avec les colonies, lesquelles sont devenues ce qu'on pouvait faire de mieux. À l'extérieur, nous avons acquis [...] un prestige que nous n'avions pas connu depuis bien longtemps. Nos institutions sont en train de réussir [...]. Le président de la République est devenu un vrai chef d'État [...]. S'il ne pouvait pas maintenir ses prérogatives, on en reviendrait à la IIIe et à la IVe, c'est-à-dire au régime des partis, au régime d'assemblée [...]. Il faut que mon successeur soit élu du peuple et non des partis, de manière à dominer les partis et à les surpasser. Sinon, il deviendrait leur jouet. »

Alain Peyrefitte, *C'était de Gaulle*, © Éditions Fayard, 1974.

a. D'après le général de Gaulle, comment le président de la République doit-il être désigné ?

....

b. Souligne dans le texte une phrase qui explique les raisons de son choix.

....

La France dans le monde

1 **Coche la (ou les) bonne(s) réponse(s).**

a. La place de la France dans le monde doit beaucoup :

☐ à son étendue.

☐ à son poids démographique.

☐ à l'influence de sa culture.

b. Les pays dans lesquels on parle français appartiennent à l'espace :

☐ francophile.

☐ francophone.

☐ francophobe.

2 « La France est la sixième puissance économique mondiale et la troisième économie européenne après l'Allemagne et la Grande-Bretagne. [...] Son influence s'exprime aujourd'hui dans le cadre du G20, qu'elle a présidé en 2011. Il réunit les 19 chefs d'État et de gouvernement des pays les plus industrialisés et des puissances émergentes à la croissance économique rapide (dont Brésil, Russie, Inde, Chine), et l'Union européenne. [...]
Fin 2014, plus de 20 000 entreprises étrangères sont implantées en France. Elles emploient près de deux millions de personnes, contribuent au tiers des exportations et à 19 % du chiffre d'affaires français.
La réussite mondiale des grandes entreprises françaises est spectaculaire. En 2017, 29 figurent au classement des 500 plus grandes entreprises mondiales (selon le chiffre d'affaires), pour 29 allemandes et 23 britanniques.
Avec seulement 1 % de la population, sur 1 % du territoire, la France représente plus de 3 % du produit intérieur brut (PIB) de la planète et son PIB par habitant demeure très élevé. Elle accueille sur son sol le 10e stock d'investissements directs étrangers (IDE) entrants en 2016. Elle est aussi le 4e exportateur de services commerciaux et le 7e exportateur mondial de marchandises selon l'Organisation mondiale du commerce (2017). »

D'après le site *Vie publique*, 2018.

a. Quel rang occupe la France dans le classement économique mondial ?

....

RAPPEL DE COURS

Une influence étendue

• L'influence de la France traduit son **pouvoir de persuasion** auprès d'autres acteurs pour les conduire à penser et agir de la même façon qu'elle. L'influence française repose sur son image, ses performances économiques, l'attractivité de sa culture, la diffusion de sa technologie, sa place dans les organisations internationales, etc.

• Elle recouvre des **aires géographiques diverses**. Par exemple, l'Europe, les pays francophones, les territoires ultramarins qui donnent à la France le deuxième domaine maritime mondial.

Les domaines d'influence

• L'**influence économique** repose sur des produits et des firmes transnationales (FTN). La France est la sixième puissance économique mondiale et la troisième économie européenne.

• L'**influence politique** s'exprime dans les organisations internationales et européennes. La France est **membre permanent du Conseil de sécurité des Nations unies** (ONU) depuis 1945. Elle est une **puissance nucléaire** depuis 1960. Son **armée** participe beaucoup aux opérations de maintien de la paix commandées par l'ONU.

• L'**influence culturelle** est portée par la **langue**. Le français est parlé sur beaucoup de continents, grâce aux possessions outre-mer, aux colonisations du XVIIIe siècle (Québec) et du XIXe siècle (Afrique autour du Golfe de Guinée, péninsule indochinoise). Cette présence mondiale de la langue a pris la forme d'une organisation politique : la **Francophonie**. L'influence culturelle s'exprime dans les domaines de l'enseignement (réseau des établissements français à l'étranger) et de l'art (Sorbonne et le Louvre à Abu Dhabi par exemple).

b. La France est un territoire attractif pour les investisseurs étrangers. Relève dans le texte une phrase qui valide cette affirmation.

....

c. Qu'est-ce que le G20 ?

....

BILAN de la séquence 9

Pour chaque question, coche la (ou les) bonne(s) réponse(s).
Ensuite, reporte-toi aux corrigés du livret détachable (page 26) et inscris ton score sur 10.

Français

1 Coche la phrase contenant un verbe au subjonctif présent.

a. Je crois que tu l'aimerais facilement. ☐
b. Je ne crois pas que tu l'aimes sincèrement. ☐
c. Je crois qu'elle ne t'aime pas. ☐

2 Quelle expression est de niveau de langue familier ?

a. Tu me désespères. ☐
b. Tu m'agaces. ☐
c. Tu me gonfles. ☐

Maths

3 On tire au hasard une boule dans une urne contenant des boules blanches ou noires, indiscernables au toucher. Sachant qu'il y a plus de boules blanches que de boules noires dans cette urne, la probabilité de tirer une boule blanche ne peut être que :

a. $\frac{2}{5}$ ☐ b. $\frac{5}{8}$ ☐ c. $\frac{1}{2}$ ☐

4 On tire au hasard une boule dans une urne contenant des boules bleues, blanches ou rouges indiscernables au toucher. On a une chance sur 2 de tirer une boule bleue et une chance sur 3 de tirer une boule blanche. La probabilité de tirer une boule rouge est donc :

a. une chance sur 4 ☐
b. une chance sur 5 ☐
c. une chance sur 6 ☐

5 L'expression de la fonction linéaire f telle que $f(6) = 8$ est :

a. $f(x) = \frac{4}{3}x$. ☐
b. $f(x) = \frac{3}{4}x$. ☐
c. $f(x) = \frac{6}{8}x$. ☐

6 L'expression de la fonction affine g telle que $g(4) = 5$ et $g(-2) = -7$ est :

a. $g(x) = -3x + 2$. ☐
b. $g(x) = 0{,}5x + 3$. ☐
c. $g(x) = 2x - 3$. ☐

Anglais

7 Complète la phrase : *"Harry, … parents died, was brought up by his aunt and uncle."*

a. who ☐ b. whose ☐ c. that ☐

8 Complète la phrase : *"Hermione has a book … belongs to Harry."*

a. who ☐ b. where ☐ c. that ☐

Histoire

9 La IVe République est un régime :

a. parlementaire. ☐
b. présidentiel. ☐
c. démocratique. ☐

Géographie

10 Le rang de la France parmi les puissances commerciales et industrielles mondiales est le :

a. troisième. ☐
b. sixième. ☐
c. dixième. ☐

Total .... / 10

Séquence 10

La

Combien d'espèces vivantes existe-t-il sur la Terre ?

Cette question, qui intrigue les scientifiques depuis des siècles, a déjà reçu plusieurs réponses. On considérait traditionnellement qu'il pouvait y en avoir plus de 12 millions, et certains chercheurs ont même avancé le chiffre de 100 millions, mais une nouvelle estimation évaluant à 8,7 millions le nombre d'espèces vivantes – dont 6,5 évoluant sur la terre ferme et 2,2 en milieu aquatique – a été publiée en août 2011 aux États-Unis. Une récente étude australienne affirme, par ailleurs, que seulement 1,9 million d'espèces animales et végétales ont été identifiées et décrites à ce jour dans le monde.

Quelles espèces sont ainsi répertoriées ?

Ce chiffre global comprend l'ensemble des espèces végétales et animales (dont les trois quarts sont des insectes), de champignons et moisissures, de protozoaires[1] et d'algues. **Chaque année, on découvre plus de 18 000 nouvelles espèces.** Rien qu'en Nouvelle-Guinée, 1 060 ont été répertoriées en dix ans, soit une moyenne de 2 par semaine… Certaines sont d'ailleurs très surprenantes, comme ce dauphin à la tête arrondie et aux nageoires retroussées, cet escargot jaune fluorescent, ce minuscule serpent aveugle parfaitement inoffensif, ce rat mesurant presque 1 m ou ce papillon de près de 30 cm d'envergure…

Cécile Meneu

1. *organismes unicellulaires dotés de certains comportements animaux.*

Lecture et compréhension

1 Quel autre titre pourrait-on donner à ce texte pour mettre en valeur les idées qu'il développe ?

☐ Des millions d'espèces ☐ Toutes les espèces sont utiles ☐ Des espèces disparaissent

2 Coche la question qui a pour réponse la phrase en gras dans le texte.

☐ Combien de nouvelles espèces découvre-t-on chaque année ?
☐ À quel moment découvre-t-on de nouvelles espèces ?
☐ Qui découvre de nouvelles espèces chaque année ?

3 Associe chaque verbe du texte à son synonyme.

	• mélanger
identifier •	• envisager
répertorier •	• distinguer
considérer •	• inventorier
	• satisfaire

biodiversité

Vocabulaire

4 Retrouve le mot qui répond aux deux définitions proposées.

a. Partie de végétal/Surface mince et plane : F_ _ _ _ _ _

b. Ce qui fixe la plante/Base, point de départ : R _ _ _ _ _

c. Partie de la plante/Barre de petit diamètre : T _ _ _

5 Regroupe en deux ensembles les mots suivants, en les soulignant soit en bleu, soit en vert. Donne ensuite un titre à chaque champ lexical ainsi constitué.

baba au rhum – bâtons – boussole – carte – crème caramel – dénivelé – éclair au chocolat – flan – fromage blanc – gâteau – glace – sac à dos – sentier – tarte

a. Champ lexical 1 : ....

b. Champ lexical 2 : ....

Grammaire

6 Dans les phrases suivantes, souligne les mots dont la dénotation est péjorative et entoure ceux qui sont connotés péjorativement par l'énonciateur.

a. La pollution rend malade notre planète.

b. Certains industriels oublient les priorités écologiques et détruisent l'environnement.

c. Les animaux sauvages subissent les transformations radicales de leur lieu de vie et quittent leur territoire.

d. L'habitude du gaspillage et de la surconsommation a pris une très grande ampleur.

Récris la phrase b. de sorte qu'elle soit connotée positivement.

....

....

....

RAPPEL DE COURS

Champ sémantique/champ lexical

• Le **champ sémantique** désigne l'ensemble des différents sens que peut prendre un même mot.

Ex. **Nature** : paysage/caractère/classe de mots…

• Le **champ lexical** regroupe le vocabulaire employé pour développer un thème, une idée.

Ex. **Nature** : paysage, faune, flore, forêt, herbe…

Dénotation et connotation

• Les mots ont un sens premier qu'on appelle la **dénotation**.

Ex. L'adjectif *vert* désigne une couleur particulière.

• En fonction des sentiments de celui qui l'emploie, un mot neutre peut se charger d'un autre sens. C'est la **connotation**, qui peut être **péjorative** (négative) ou **méliorative** (positive).

Ex. Il est encore **vert** de peur. → péjoratif
Il est encore **vert** pour son grand âge. → mélioratif

• La dénotation de certains mots est d'emblée péjorative ou méliorative.

Ex. Répugnant → péjoratif Merveilleux → mélioratif

L'implicite

• Lorsqu'un énoncé doit être interprété par le destinataire, il est **implicite**. Il contient alors des sous-entendus, des allusions, des références qu'il lui faut déceler pour bien comprendre l'ensemble de l'énoncé.

• L'**ironie** est un cas fréquent d'implicite, puisque l'énonciateur dit en fait autre chose que ce qu'il exprime en employant, par exemple, une **antiphrase**, c'est-à-dire en affirmant l'inverse de ce qu'il pense.

Ex. La planète se meurt…
C'est parfait : continuons donc à la polluer !

Jeux de

RAPPEL DE COURS

Les différents solides et leur volume

Parallélépipède rectangle

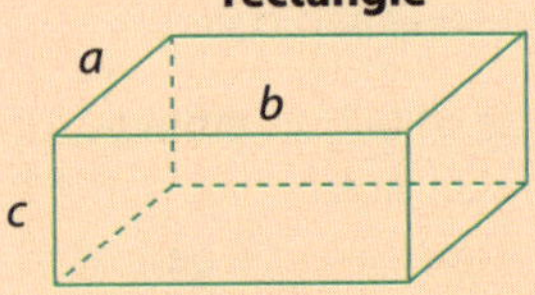

$\mathcal{V} = abc$

Cube

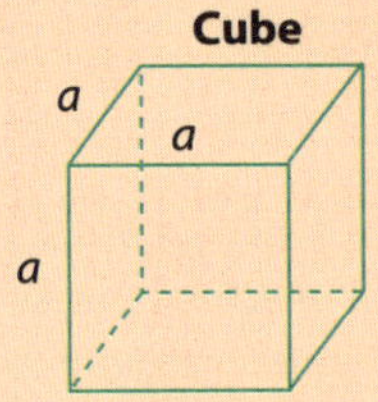

$\mathcal{V} = a^3$

Prisme droit

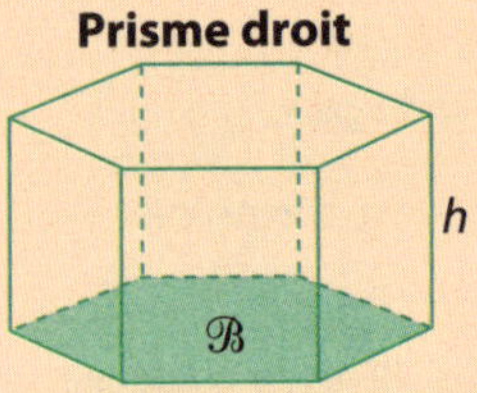

$\mathcal{V} = \mathcal{B}h$

Pyramide

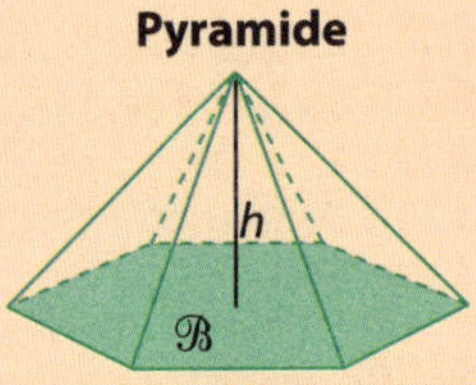

$\mathcal{V} = \frac{1}{3}\mathcal{B}h$

Cylindre

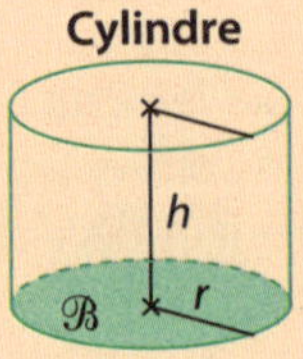

$\mathcal{V} = \mathcal{B}h = \pi r^2 h$

Cône

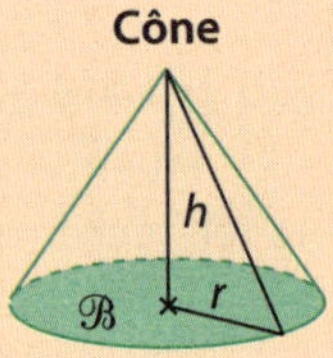

$\mathcal{V} = \frac{1}{3}\mathcal{B}h = \frac{1}{3}\pi r^2 h$

Boule

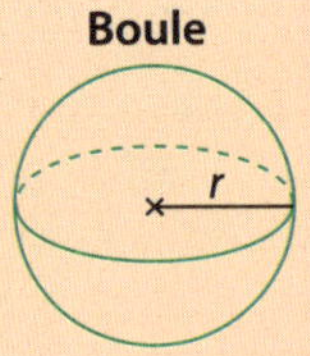

$\mathcal{V} = \frac{4}{3}\pi r^3$

Propriété

Dans une réduction ou un agrandissement de rapport k, les longueurs sont multipliées par k, les aires sont multipliées par k^2 et les volumes sont multipliés par k^3.

Ex. Un premier parallélépipède a pour dimensions 10 cm, 5 cm et 4 cm, donc son volume est égal à $10 \times 5 \times 4 = 200$ cm^3.
Un second parallélépipède est un agrandissement de rapport 2 du premier, donc son volume est égal à $200 \times 2^3 = 1\,600$ cm^3.

Phare et bouées

1 Un espace de baignade surveillée est délimité à l'aide de bouées reliées par un filin.
Ces bouées sont formées d'une demi-boule de diamètre 30 cm surmontée d'un cône de hauteur 40 cm dont la base a pour diamètre 30 cm.

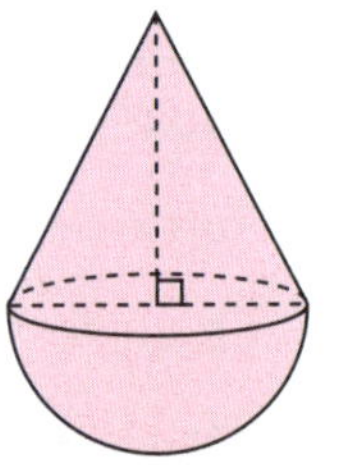

Calcule l'arrondi au cm³ du volume de ces bouées.

Attention ! Ne confonds pas rayon et diamètre !

....

....

....

2 Un phare peut être assimilé à un solide formé d'un cube de côté 12 m surmonté d'un cylindre de hauteur 45 m dont la base a pour diamètre 8 m.

Calcule l'arrondi au m³ du volume de ce solide.

....

....

....

....

Pyramides et cônes gourmands

3 Un confiseur propose à ses clients des boîtes de chocolats de forme pyramidale. Cette pyramide a été sectionnée par un plan parallèle à sa base carrée afin d'obtenir un tronc de pyramide pour les chocolats et une pyramide plus petite pour fermer la boîte.
$IJ = 36$ cm, $OH = 20$ cm et $OH' = 5$ cm.

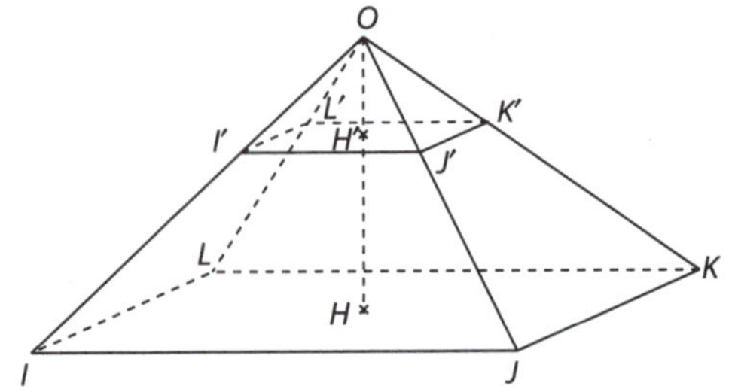

volumes

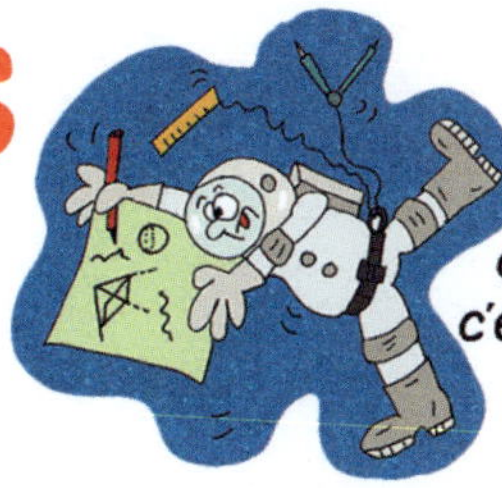

a Calcule le volume de la pyramide *OIJKL*.

b La pyramide *OI'J'K'L'* est une réduction de la pyramide *OIJKL*.
Quel est le rapport de réduction ?

En déduire le volume de la pyramide *OI'J'K'L'*.

c Calcule le volume du tronc de pyramide *IJKLI'J'K'L'* pour les chocolats.

4 Un marchand vend des petits et des grands cornets de glace.

a Calcule l'arrondi au cm³ du volume de glace contenu dans un petit cornet de hauteur 12 cm dont la base a pour diamètre 5 cm.

b La hauteur d'un grand cornet est de 15 cm.
Quel est le rapport d'agrandissement ?

En déduire l'arrondi au cm³ du volume de glace contenu dans un grand cornet.

c Quelle quantité de glace supplémentaire a-t-on si on achète un grand cornet au lieu d'un petit cornet ? Tu donneras ton résultat en mL.

L'EXO COSTAUD

5 La figure ci-dessous représente la Terre assimilée à une sphère de centre *O* et de rayon 6 370 km. Le point *A* est situé sur l'équateur et le point *B* est situé sur le parallèle de centre *C* et de latitude 50°N.
On admet que les angles $\widehat{AOC}$ et $\widehat{BCO}$ sont droits.

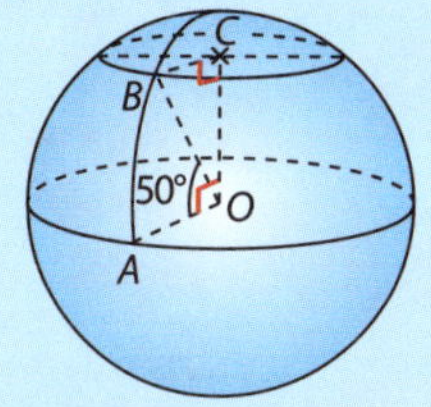

a Calcule l'arrondi au km de *BC*.

Tu calculeras d'abord la mesure de l'angle $\widehat{BOC}$.

b Calcule l'arrondi au km de la longueur du parallèle de latitude 50°N.

*Rappel :
Périmètre d'un cercle = 2 × π × rayon*

Programmes

Lancers de folie !

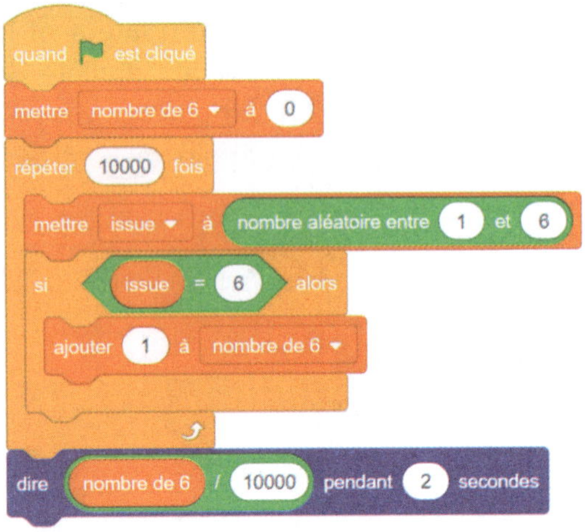

1 Dans un script, on peut créer une variable et lui attribuer une valeur aléatoire choisie par l'ordinateur. Le script ci-contre permet de répéter 10 000 fois le lancer d'un dé équilibré à 6 faces numérotées de 1 à 6, de compter le nombre de « 6 » obtenus et de demander au chat Scratchy de dire la fréquence de « 6 » obtenus, soit 0,17.

a **Quelles modifications dois-tu apporter à ce script pour qu'il permette à Scratchy de dire la fréquence d'apparition d'un chiffre pair ?**

L'instruction issue modulo 2 *donne le reste de la division euclidienne de* issue *par 2.*

....

....

RAPPEL DE COURS

- **Scratch** est un logiciel qui permet d'apprendre à programmer des algorithmes avec un ordinateur.
- Scratch va notamment permettre à un « **lutin** », objet ou personnage comme le chat **Scratchy**, d'exécuter des **commandes**. Cette succession de commandes s'appelle un **script**.
- Voici l'interface de Scratch divisée en plusieurs zones :

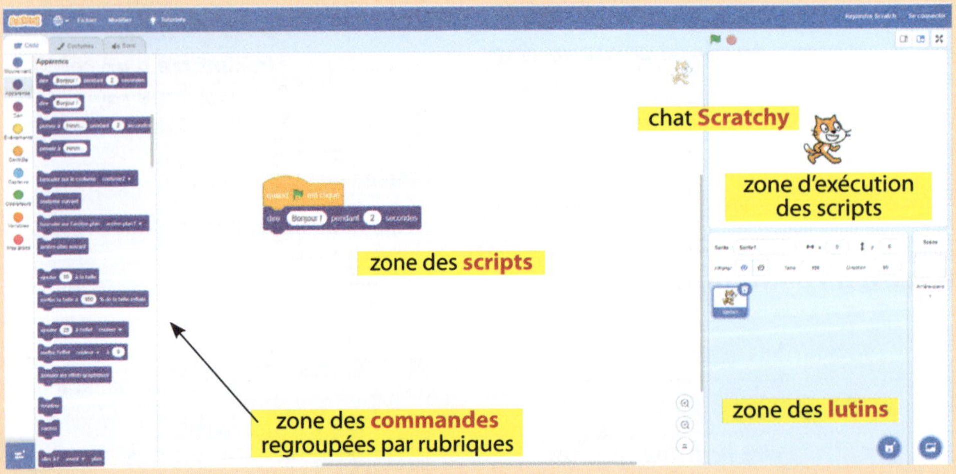

b Si l'on répète un très grand nombre de fois une expérience aléatoire (comme le lancer d'un dé), la fréquence d'apparition d'une issue devient proche d'un nombre qui est la probabilité de cette issue.

À la question précédente, Scratchy a donc dû dire un nombre proche de quel nombre ?

....

à gogo !

2 **a** Le premier script ci-contre permet de tracer une figure de géométrie. **Laquelle ?**

....

Premier script

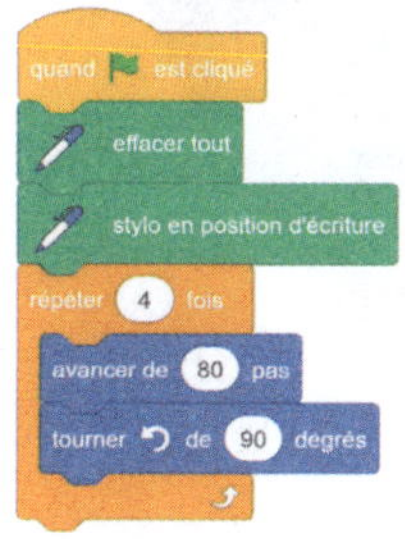

b Les deuxième et troisième scripts sont incomplets.

Complète le deuxième afin qu'il permette de tracer un triangle équilatéral et le troisième un hexagone régulier.

Chaque angle d'un hexagone régulier mesure 120°.

Deuxième script

Troisième script

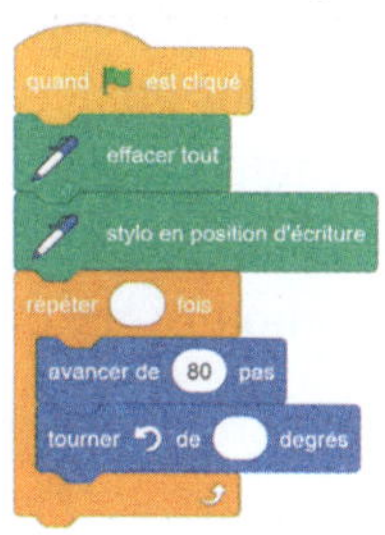

Jolie frise...

3

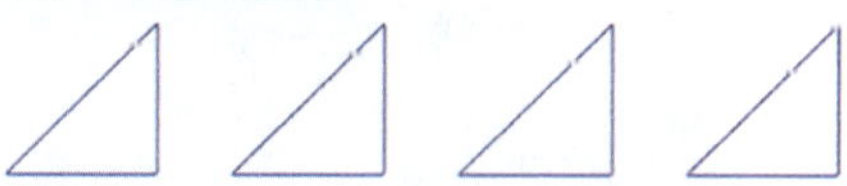

a Pour construire la frise ci-dessus, on a d'abord réalisé un motif en forme de triangle rectangle isocèle. On a ensuite utilisé l'un des deux scripts ci-dessous.

Motif

Premier script

Second script

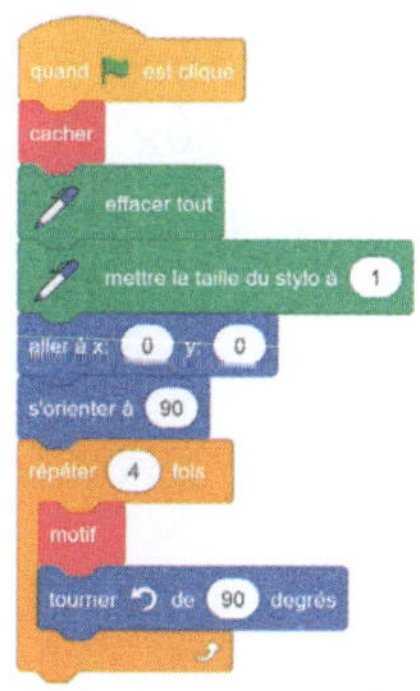

Lequel de ces scripts a permis d'obtenir cette frise ?

....

b **Sur une feuille, construis à main levée la figure qu'on obtiendrait avec l'autre script.**

L'EXO COSTAUD !

4 Voici un programme de calcul et le script permettant de l'appliquer à n'importe quel nombre de départ.

Programme de calcul

– Choisir un nombre.
– Ajouter 1.
– Élever au carré.
–Soustraire le double du nombre de départ choisi.

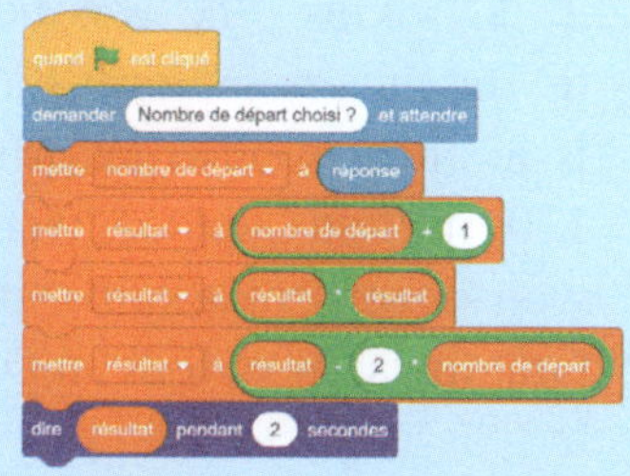

a **Complète le programme de calcul associé au script ci-après.**

Programme de calcul

– Choisir un nombre.

– ....

– ....

– ....

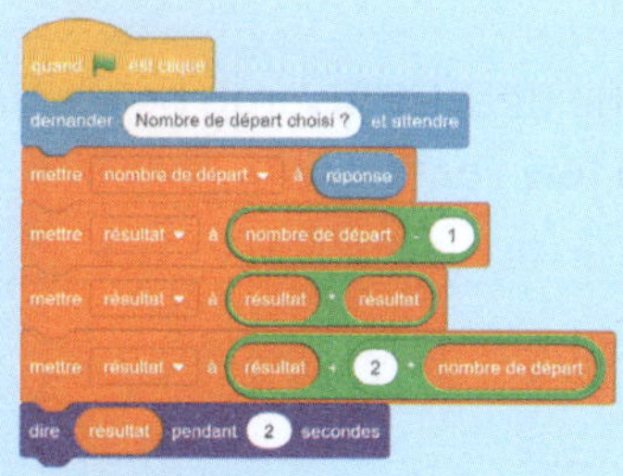

b **Teste ces deux programmes avec les nombres 5 et 7.**
Quelle conjecture peux-tu faire ?

....

c **Démontre cette conjecture quel que soit le nombre choisi.**

....

Adele: What

Adele's full name is Adele Laurie Blue Adkins. She was born on May 5th, 1988 in Tottenham in North London, in England. She is a singer-songwriter who has sold more than 120 million albums worldwide and who has won dozens of awards, including a total of 15 Grammys, as well as an Oscar.

Critical praise for her first two albums, *19* and *21*, was earned as well as a level of commercial success superior to all her peers. Her second album, *21*, is the fourth best-selling album in the UK of all time! Thanks to this album, Adele has been mentioned numerous times in the *Guinness Book of World Records*. In 2012, the James Bond eponymous soundtrack "Skyfall" was written and recorded by her.

After the huge success of her third album, *25*, she decided to take a break for a few years. In her last album, *30*, released on November 19th, 2021, very personal topics such as separation, motherhood and the anxiety of fame are talked about. The first single, "Easy on me", has broken several records on the radio, as being the most played song in U.S. radio history during a song's first week on the air.

Comprendre

1 Vrai ou faux ? Coche la bonne réponse et justifie-la en citant le texte.

a. Adele writes her own songs. ☐ Vrai ☐ Faux

→ ....

b. She is an international star. ☐ Vrai ☐ Faux

→ ....

c. She decided to stop her career for a few years. ☐ Vrai ☐ Faux

→ ....

d. Being famous made her feel anxious. ☐ Vrai ☐ Faux

→ ....

2 Relie chaque mot à sa traduction.

award •	• *pairs*
praise •	• *faire une pause*
take a break •	• *récompense*
peers •	• *éloge*

Mots et expressions

La vie de star

spotlight *projecteur*
a break *une pause*
fame *la célébrité*
famous *célèbre*
a hairstyle *une coiffure*
fashionable *à la mode*
trendy *branché(e), cool*
record *enregistrer*

a success!

S'entraîner

3 Les phrases suivantes sont-elles à la voix passive ou à la voix active ?

a. "Easy on me" was written by Adele.

....

b. She has been to England for a concert.

....

c. Adele was seen at the Grammy Awards.

....

4 Relève dans le texte la forme passive de :

a. Un verbe au prétérit : ....

....

b. Un verbe au *present perfect* : ....

....

c. Un verbe au présent : ....

....

5 Fais des phrases à la voix passive avec les éléments ci-dessous.

a. Adele – sing – "Skyfall" (au présent)

....

....

b. Adele – write – many songs (au *present perfect*)

....

....

6 Mets ces phrases à la voix passive.

a. People love Adele's songs.

....

....

b. Many TV shows have invited Adele.

....

....

RAPPEL DE COURS

Le passif

- On l'utilise quand on veut **insister davantage sur l'objet de l'action** (ce ou celui qui subit l'action) que sur le sujet qui l'exécute.
- Il se construit avec ***be*** + **participe passé** (PP). C'est *be* qui indique le temps de la phrase.

– Au **présent simple** : ***am*** / ***is*** / ***are*** + **PP**

> **Ex.** This song **is sung by Adele.**
> *Cette chanson est chantée par Adele.*

– Au **présent *be* + *-ing*** : ***am*** / ***is*** / ***are*** + ***being*** + **PP.**

> **Ex.** This song **is being written** by Adele.
> *... est en train d'être écrite...*

– Au **prétérit simple** : ***was*** / ***were*** + **PP.**

> **Ex.** This song **was written** by Adele. *... a été écrite...*

– Au **prétérit *be* + *-ing*** : ***was*** / ***were*** + ***being*** + **PP.**

> **Ex.** This song **was being written** by Adele.
> *... était en train d'être écrite...*

– Au ***present perfect*** : ***have*** / ***has*** + ***been*** + **PP.**

> **Ex.** This song **has been sung** by Adele.
> *... a été chantée...*

- Les **modaux** sont toujours **suivis de *be* + PP.**

> **Ex.** This song **will be sung** by Adele. *... sera chantée...*

Passage de la voix active à la voix passive

- Le **complément d'objet** de la phrase active **devient le sujet** de la phrase passive et le **sujet** devient **le complément d'agent** introduit par ***by***.

> **Ex.** **Adele has given** a concert for charity.
> → A concert for charity **has been given by Adele.**

- Le complément d'agent peut être omis lorsque celui-ci n'apporte pas d'information indispensable.

> **Ex.** English is spoken all over the world.
> *On parle anglais partout dans le monde.*

Activités humaines et écosystèmes

RAPPEL DE COURS

Un **écosystème** comprend un milieu (le biotope), les êtres vivants qui le peuplent (la biocénose) et toutes les relations qui peuvent exister et se développer à l'intérieur de ce système.

Des écosystèmes menacés

- Par ses activités, l'être humain perturbe l'équilibre de nombreux écosystèmes et entraîne, directement ou indirectement, une perte de la **biodiversité** au sein de ceux-ci.
- Plusieurs causes majeures ont été identifiées : la fragmentation et la destruction des milieux naturels, l'exploitation non durable d'espèces sauvages (surpêche, déforestation...), les pollutions, l'introduction d'espèces exotiques envahissantes ainsi que le réchauffement climatique.

Des solutions de préservation

Conscient de son impact négatif sur les écosystèmes, l'être humain recherche des solutions de **préservation** ou de **restauration de l'environnement**. Il prend des mesures de protection (transports non polluants, gestion des déchets, énergies renouvelables...) dont certaines sont compatibles avec la poursuite de ses activités. On parle alors de **développement durable**.

Corail blanchi.

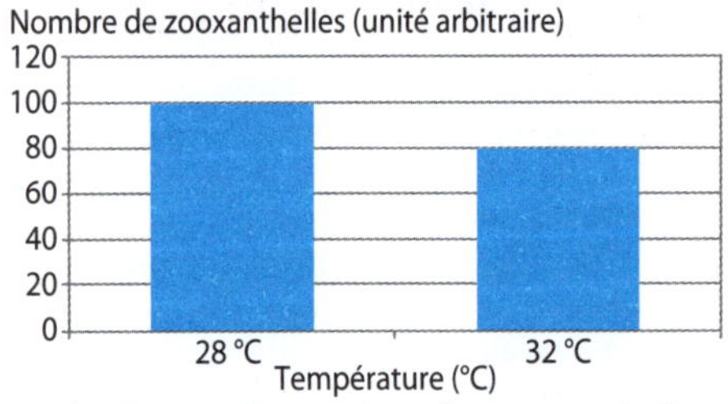

Évolution du nombre de zooxanthelles en fonction de la température.

1 Coche la (ou les) bonne(s) réponse(s).

a. Un écosystème est :

- ☐ un environnement sans trace humaine.
- ☑ un ensemble constitué par un milieu, des êtres vivants et leurs relations.
- ☐ la diversité naturelle des êtres vivants peuplant la Terre.

b. Le maintien de la biodiversité :

- ☐ ne dépend pas des activités humaines.
- ☐ est menacé par la pêche industrielle et l'agriculture intensive.
- ☑ est essentiel à l'équilibre des écosystèmes.

2 La Grande Barrière de corail au large de l'Australie a connu plusieurs épisodes de blanchiment de masse en 1998, en 2002, puis en 2016 et 2017. Au total, 93 % de la Grande Barrière de corail a blanchi.
Le corail résulte de l'association entre un animal et une algue unicellulaire (zooxanthelle) capable d'effectuer la photosynthèse. Le blanchiment des coraux fait suite à l'expulsion de leurs algues. Le corail, affaibli, finit alors par mourir. L'une des causes du blanchiment est le réchauffement global des océans, lié au rejet de CO_2 par les activités humaines, qui augmente l'effet de serre.

a. De quoi le corail est-il constitué ?

d'une Algue et d'un animal

b. Quelle est la cause du blanchiment puis de la mort du corail ?

l'expulsion de l'algue du corail

c. On place des fragments de coraux possédant le même nombre de zooxanthelles à la lumière, mais dans des conditions de température différentes. On évalue ensuite le nombre de zooxanthelles encore présentes dans les coraux en fin d'expérience (voir doc. ci-contre).

En quoi le réchauffement climatique a t-il une influence sur l'apparition des coraux blanchis ?

Car l'algue meurt avec la chaleur

Gravitation et poids

1 La Lune est le satellite naturel de la Terre. Elle tourne autour de la Terre à une distance de 384 400 km.

a. Pourquoi la Lune reste-t-elle en orbite autour de notre planète ?

La lune gravite au tour de la Terre

b. Quel nom peut-on donner à l'interaction entre la Lune et la Terre ?

la gravitation

2 Le poids et la masse sont deux grandeurs différentes. **Complète les phrases suivantes.**

a. La masse est une mesure. Elle s'exprime en kilogramme, de symbole Kg.
Elle se mesure avec une balance.

b. Le poids est une .... Il s'exprime en Newton, de symbole N.
Il se mesure avec un dynamomètre.

3 Le 21 juillet 1969, l'astronaute américain Neil Armstrong a posé le pied pour la première fois sur la Lune. Pour cette mission, les ingénieurs de la Nasa ont conçu un module lunaire (L.E.M.) pesant 15 tonnes.

a. Sur Terre, quelle est la masse du module ? Exprime ton résultat en kilogramme.

15 000 kg

b. Calcule le poids du module lunaire sur Terre.

P = 15 000 x 9,8
P = 147 000 Newton

RAPPEL DE COURS

La gravitation

• Deux corps *A* (de masse m_A) et *B* (de masse m_B), séparés par une distance *d*, exercent l'un sur l'autre une **action attractive** dont la valeur est obtenue par la formule :

$$F_{A/B} = F_{B/A} = G \times \frac{m_A \times m_B}{d_2}$$ (*G* est la constante de gravitation.)

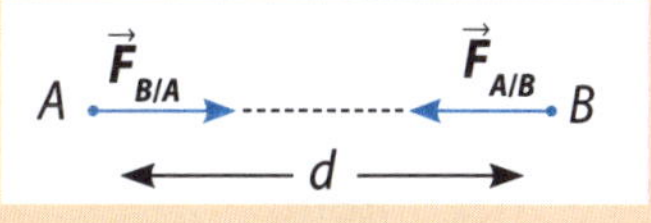

• Cette interaction est appelée **gravitation**. Elle gouverne tout l'Univers.

La masse et le poids

• La **masse** se mesure avec une balance et s'exprime en **kilogramme** (kg). La masse est **invariable**, elle ne dépend pas du lieu de la mesure.

• Le **poids** se mesure avec un dynamomètre et s'exprime en **newton** (N).

Relation entre poids et masse

• Le **poids *P*** varie selon le lieu de la mesure. Il se calcule par la formule :

$$P = m \times g$$

(P en N, m en kg, g en N/kg)

avec *g* : intensité de la pesanteur.

• L'intensité de la pesanteur **dépend de la planète** mais aussi de l'altitude (*g* diminue avec l'altitude).

$g_{Terre} = 9{,}8$ N/kg $g_{Lune} = 1{,}6$ N/kg

$g_{Mars} = 3{,}7$ N/kg

c. Quelle est la masse (en kg) du module sur la Lune ? Justifie ta réponse.

m = 147 000 / 1,6   m = 91 875 Kg

d. Calcule le poids du module lunaire sur la Lune. P = 91 875 x 1,6   P = 147 000

e. Quelle grandeur varie selon le lieu de la mesure ? la masse

BILAN de la séquence 10

Pour chaque question, coche la (ou les) bonne(s) réponse(s).
Ensuite, reporte-toi aux corrigés du livret détachable (page 30) et inscris ton score sur 10.

Français

1 Quelle proposition contient une antiphrase ?

a. Tu as jeté tes ordures par la fenêtre ? Je te félicite… ☐
b. Tu as trié tes déchets ? Je te félicite… ☐
c. Tu n'as pas éteint la lumière ? Je ne te félicite pas… ☐

2 Lequel de ces énoncés est implicite ?

a. Il est mécontent. ☐
b. Il est vraiment fier de lui. ☐
c. Il est trop souvent très content de lui. ☐

Maths

3 On sectionne un cylindre dont les bases sont des disques de diamètre 8 cm par un plan parallèle à ses bases. L'aire de la section obtenue est égale à :

a. 8π cm². ☐
b. 64π cm². ☐
c. 16π cm². ☐

4 On sectionne une pyramide de hauteur 10 cm, dont la base est un carré de côté 9 cm, à la moitié de sa hauteur par un plan parallèle à sa base. Le volume de la pyramide réduite obtenue est égale à :

a. 101,25 cm³. ☐
b. 90 cm³. ☐
c. 33,75 cm³. ☐

5 Voici un algorithme. Il permet de calculer :

a. 4^5. ☐
b. 5^4. ☐
c. 4×5. ☐

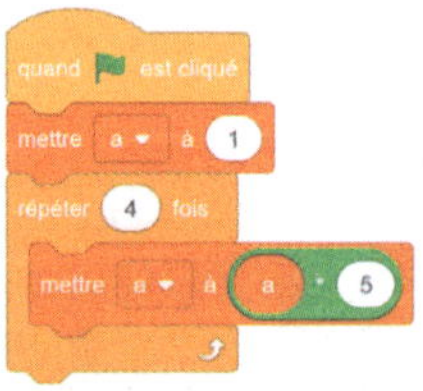

6 Quel est l'aire de la figure obtenue avec l'algorithme ci-contre :

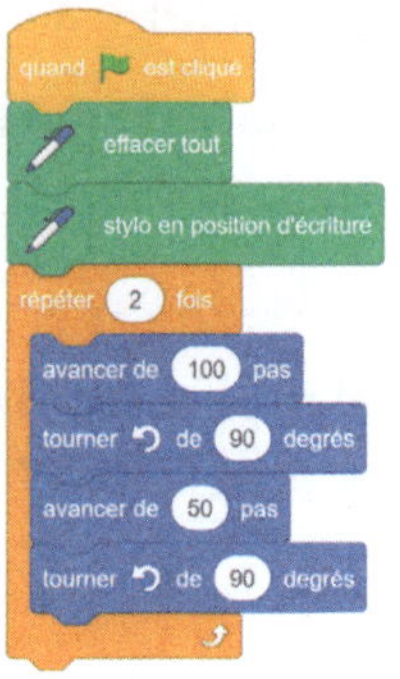

a. 2 500. ☐
b. 5 000. ☐
c. 300. ☐

Anglais

7 Quelle phrase est au passif ?

a. She was born in May. ☐
b. She was having a good time. ☐
c. She was going swimming. ☐

8 La phrase passive : *"This song has been written by Adele."* est conjuguée :

a. au *present perfect*. ☐
b. au *present perfect be + -ing*. ☐
c. au prétérit *be + -ing*. ☐

SVT

9 La biodiversité correspond à :

a. des cultures biologiques diversifiées. ☐
b. la diversité des écosystèmes et des espèces vivantes. ☐

Physique

10 La valeur du poids s'obtient par la formule :

a. $P = m \cdot g$ ☐
b. $P = m + g$ ☐
c. $P = m - g$ ☐

Total …. / 10

Achevé d'imprimer en Mars 2022 en Italie par Elcograf
Dépôt légal : Mai 2022 - Édition 01 - 15/4753/9